CHUANGSHANG JIYI、KONGJIAN WENHUA
YU SHENFEN RENTONG:
YINGMEI WENXUE DE KUA WENHUA CHANSHI

沈奕利　陈玲
周亮亮　陈凡　[著]

创伤记忆、空间文化与身份认同：

英美文学的跨文化阐释

四川大学出版社
SICHUAN UNIVERSITY PRESS

项目策划：梁　平
责任编辑：杨　果
责任校对：孙滨蓉
封面设计：璞信文化
责任印制：王　炜

图书在版编目（CIP）数据

创伤记忆、空间文化与身份认同：英美文学的跨文
化阐释 / 沈奕利等著 . 一 成都：四川大学出版社，
2021.8
　　ISBN 978-7-5690-4801-8

　　Ⅰ．①创… Ⅱ．①沈… Ⅲ．①英国文学－文学研究②
文学研究－美国 Ⅳ．① I561.06 ② I712.06

　　中国版本图书馆 CIP 数据核字（2021）第 132457 号

书　名	创伤记忆、空间文化与身份认同：英美文学的跨文化阐释
著　　者	沈奕利　陈　玲　周亮亮　陈　凡
出　　版	四川大学出版社
地　　址	成都市一环路南一段 24 号（610065）
发　　行	四川大学出版社
书　　号	ISBN 978-7-5690-4801-8
印前制作	四川胜翔数码印务设计有限公司
印　　刷	郫县犀浦印刷厂
成品尺寸	148mm×210mm
印　　张	6
字　　数	160 千字
版　　次	2021 年 12 月第 1 版
印　　次	2021 年 12 月第 1 次印刷
定　　价	48.00 元

四川大学出版社
微信公众号

前　　言

　　创伤记忆、视觉空间与身份认同是英美文学研究中现代主义和后现代主义的关键词，同时也是有内部逻辑关联的文学分析的重要切入点。这三个批评视角都试图从考察个体经验和历史细节出发，旨在打破西方长期以来的二元对立思维模式，在全球化背景下透视、微观多元文化，用宽容、悲悯的心态来看处于边缘位置的群体，从历史细节重新审视宏大历史话语压抑下的个体情感，关注他们的创伤心理、历史记忆和文化历程，觉察不同视角中的社会景观，最终建构个体乃至群体的文化身份认同。

　　本书有以下几个特点：

　　首先，本书尝试从创伤记忆、视觉空间的视角来深入理解英美文学中的身份认同问题。这种聚焦到文学细部的探讨，如身体、疾病、创伤、感情、迁徙、家庭、家园等角度也是今天文学研究的重要方法和切入点。细节往往更能体现个人和群体的身份认同。历史宏大叙事下的微观角落值得我们不断深入考究。

　　其次，本书的研究对象是第二次世界大战之后英美文学中具有代表性的作家及他们的经典之作。在经年累月中，其反复被研究者拿来阐释和论证，但仍然历久弥新。我们将作品和理论视角互为切入，但最重要的是在二者的互相渗透、考证、分析和把握中探究人的问题。人永远是文学的主题，无论何种角度都是在加深我们对人类自身情感、心理和与周遭环境之间关系的理解，而经典作品无疑是最好的论证材料，对经典作品的深入阐释也是文

学研究者的责任所在。

再次，本书聚焦于文学在人类精神危机中对人文价值观念的传承和推进作用。通过对文学作品的重新解读，我们力图考察各历史阶段和各文化语境中的文学对生命、爱、美、信仰、希望、梦想的书写，讨论文学如何传承人文价值观念，如何共筑人类共同的生命价值理念。

最后，本书立足于中国视角。外国文学研究常常与社会和时代息息相关，全球化语境下的文学课程更应该具备多个理论维度和中国视角。

本书分为五章，以身份认同为基点，探寻身份认同与视觉空间、创伤记忆在文本内外的联系。

第一章是视觉空间与身份认同。本章以康拉德的小说《黑暗的心》为例来看视觉空间与现代小说的互动最终导致了人物文化身份怎样的定位。随着资本全球化的不断深入，个人不再束缚于地理空间而开始了心灵和文化的流散历程。时代发展中个人对历史与故国的回忆、新的空间中权力的相互制衡、文化冲突中新的形式与内容，以及个体在时代潮流中对身份认同的不断思考，在近现代英美文学中留下了深深的烙印。从视觉空间的角度来说，在西方高度视觉化的环境中，"看"这个词的意义经常可以与"知道"一词互换。黑格尔早就指出，在人的所有感官中，唯有视觉和听觉是认识性的。视觉在整个感觉器官中显然居于基础和主导地位。人类一切有目的的触觉、听觉、嗅觉、味觉等感觉经验的获得都必须在视觉的指引下进行。视觉作为生理现象，人通过视觉器官——眼睛，形成视觉感觉；作为心理现象，人通过视觉知觉、思维、记忆、情感等作用，形成视觉认知。目光是人类与艺术作品的第一次相遇。人类的一切行为都从认知开始，人们在接受完整的视觉体验过程中必然经历三个认知阶段：①看。观者对图像的感受是从观看开始的。这就是我们强调的吸引眼球的视觉冲击力。②注视。观者的注意对象从图像的形式转向图像的内涵。图像包含的信息量、情感因素越多，吸引人关注和阅读的时间越长，传播效果就越好。③感知。感知阶段是读图的最高级阶段。在获知图像信息之后，观者会根据自己的文化修养与生活经验，通过联想对图像展开深度理解。

　　第二章从解构主义的视角出发，讨论英国作家詹姆斯·乔伊斯的短篇小说集《都柏林人》（*Dubliners*）的压轴篇《死者》（*The Dead*）中男主人公的身份寻求与认同困境。《死者》以其丰富的象征意义、细腻的内心刻画展现了舞会中的群像和当时都柏林人浑浑噩噩的精神状态。年复一年的新年舞会和琐碎无聊的话题真实地反映了英国殖民统治下的都柏林人的循规蹈矩和精神麻木。小说中乔伊斯通过对主人公加布里埃尔在舞会中及舞会后相继与三个女人交流遭遇挫折的刻画，揭示了加布里埃尔那进攻性的男性气质在逐步坍塌的过程中所带来的痛苦和焦虑，打破了西方形而上传统中男女性别二元对立的先验预设。主人公最后的顿悟在于意识到了只有超越男女性别的二元对立，摒弃传统父权社会建构的侵略性男性气质，才能实现两性的和谐相处和身份认同。此外，乔伊斯在《死者》中对醉汉弗雷迪·马林斯的刻画也值得关注，对小说中次要人物在舞会中的表现进行挖掘，我们可以发现小说中隐含着大量的沉默、矛盾和缺失，作者通过阐释作品中的这些沉默和缺失，揭示了《死者》中既缺席又在场的身份认同困境主题，即爱尔兰人的殖民创伤、对民族未来命运的忧思和作者深沉的爱国意识。

　　第三章从存在主义的角度探讨英国作家多丽丝·莱辛的长篇小说《野草在唱歌》中女主人公玛丽在社会中的异化经历和创伤记忆。小说中玛丽童年的悲惨经历，加之其父亲的无能放纵、母亲的抱怨争吵，在玛丽的童年记忆中留下了不可磨灭的创伤。童年创伤在玛丽婚后艰难生活中的再现又一次次被玛丽的抵御机制

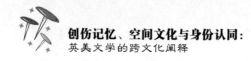
阻挡，使其试图与外界建立联系的努力彻底失败。创伤再也无法愈合，最终导致了玛丽悲剧的发生。此外，萨特和福柯关于凝视机制的论述也有助于我们理解玛丽在观者眼光带来的多重凝视压力下，不断地自我审查、逐步堕落，在他者凝视的统治和作用下，精神支离破碎而后死去。萨特关于自在存在和自为存在的论述为我们理解玛丽的自毁倾向提供了一个新视角。玛丽在自在存在与自为存在的张力中艰难抉择，在对自在存在的否定中努力创造自己的本质，在孤独、焦虑、自欺中放弃自我，最终走向了自我毁灭之路，至死也没有获得真正的自由。

第四章以莫里森的小说为例，探讨伴随迁徙历史的空间转移、历史记忆与身份建构之间的关系。迁徙是美国黑人历史中的重要议题。美国黑人的迁徙历史最早可追溯到 1619 年第一批非洲黑人被贩卖到北美洲的奴隶贸易。美国内战前，黑人经"地下铁路"踏上通向美国北方的自由之旅。到 20 世纪上半叶，黑人又演绎了美国历史上规模最大的国内迁徙事件。黑人的迁徙历史引起了史学家、人类学家，以及黑人文学家广泛而持久的关注。作为一名在迁徙时期长大的黑人文学家，托尼·莫里森在多部小说中对迁徙主题进行了探讨。迁徙过程中形成的历史与记忆作为文本动力对莫里森小说中人物的性格塑造、情节发展、叙述进程起到了潜移默化的作用。在小说《最蓝的眼睛》中，众多迁徙人物及其创作记忆对主人公佩科拉的成长起着关键作用。这些黑人无法摆脱有关南方创伤记忆的困扰，他们抛弃南方黑人文化，与主流白人文化一道将佩科拉推向绝望的悬崖，造成了她的悲剧性人生。《所罗门之歌》中的奶娃受其父传授的黑人中产阶级价值观念影响，一味追求外界财富而无法建立完整的身份。南下寻金之旅让奶娃见证了祖辈由南到北的迁徙历史，使其领悟到南方文化的精髓，最终让他摆脱了主流文化宣扬的拜金主义，学会了"飞翔"。莫里森的迁徙叙事将黑人人物的个体记忆置于黑人族群的集体记忆框架之中，在南方乡村和北方都市的双重背景与张力下讲述南方故事，帮助黑人见证了族群历史与文化，让黑人意识到只有辩证性地对待黑人历史、文化与记忆，才能重拾文化的自信，建构完整的自我。

第五章探讨了华裔美国文学，尤其是华裔新移民文学中的文学性、家园意象与身份的相互构建关系。华裔美国文学是美国文学的重要组成部分，身份书写一直是早期华裔美国文学中的重要主题。华人早期自传体式的小说抒发了对家乡、故土的依恋，反映了早期华人在美国作为异乡人的身份状态。从 20 世纪六七十年代开始，华人在被美国主流社会边缘化的夹缝中寻找自己的身份认同，在现实和文学的想象中对身份进行重建。从 20 世纪末到 21 世纪初，华人新移民大批来到美国，并随之出现了一批"新移民文学"。新移民文学既有早期华人文学中家园寻找、身份焦虑、文化冲突、社会融入等问题的再现，又有着自己的主题发展脉络，体现了华人对现代社会中日常生活、政治经济、人性情感及内心世界的特别感悟。自 21 世纪初期以来，美国华人作家开始有意识地进行文学性转向，刻意模糊作品中的族裔性而积极探索人类普遍情感。华人文学中折射出的教育观念、代际关系、家园情感成为值得探讨的话题。"虎妈"似的华人传统教育观念体现了中国传统文化与美国主流文化的冲突中华人对族裔传统的坚持，而哈金作品中"家园"意象的衍变则体现了华人自我认同的杂糅和华人对居所地所寄予的复杂情感变化。本章通过对华人美国文学重心和主题的梳理、华人文化教育理念的本质，以及华人新移民作品中"家园"意象的文化含义来探讨华裔美国文学主题变动、华人社会群体、居住社区与华人身份认同的互动关系，有助于我们在历时与共时上厘清华人文学与华人境遇、身份、族裔文化与美国主流文化之间的相互作用，了解华人在美国的社会融入和社会接纳状态。

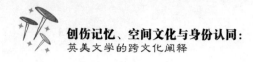

  本书的研究立足于英美文学中的经典作家和作品,尝试在身份认同的基础上多角度、全方位地观察文学中的个体、少数族裔、亚文化阶层的问题,在习近平总书记提出的人类命运共同体的课题上增进对人的理解和尊重,透过个体的人看到其背后的文化因素,为共建和谐社会做出自己的贡献。

  本书的作者是四川大学外国语学院 2018 级博士研究生沈奕利、陈玲、周亮亮和陈凡,大家在就读博士研究生期间的学习探讨中共同完成了相关理论追踪和小说文本分析。因作者的视角局限和积累有限,本书难免有许多不足之处,请读者多加指正。

著 者

目　　录

绪　论

　　马克思主义文学理论认为，文学与政治、经济和社会文化生活等都有密切的联系。研究者不仅需要把文学作品放到历史发展的长河中进行考察和研究，而且要结合社会存在的种种因素综合考察。这种综合性的研究方法对于理解文学在社会生活中的作用、文学发展与生活发展的关系，以及文学的功能、价值和地位都是十分有益的。文学虽是虚构的，但有其客观规律性。文学真实再现了人的情感、关系和态度，体现了作家对社会、人生的政治和审美的倾向性。马克思认为社会的发展最终要实现人的全面发展，而资本主义社会因其种种弊端导致了人的异化。晚期资本主义又通过消费主义将人纳入一个充斥着大量商品的复杂系统中，刺激着每个人去追逐永远无法满足的欲望。文学对资本主义的批判和揭露力度毋庸置疑。本书通过对文学作品反映出的创伤、疾病、视觉、空间、迁徙、教育、家园等问题的深入分析，把作品置于产生它的历史和社会背景中，探讨艺术的客观规律性，并通过艺术更好地了解社会和人。个人的记忆和创伤与时代的关系、空间中权力的制衡和文化的冲突、看与被看中的种族与阶级、教育方式中的文化差异、似是而非的"家园"情愫等问题，都掺杂着复杂的历史和现实因素。只有立足现实，深入剖析过去，我们才能更好地展望未来。

　　在研究方法上，我们采用文本细读、理论梳理和辩证分析等马克思主义基本文学研究思路，以文化分析、文本阐释和文史互

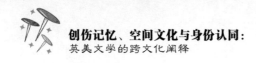

证的基本方法，运用有关性别、阶级、权力、空间、视觉和创伤等理论，重点分析了英美文学中最具代表性的文学文本，以揭露文本背后最普遍的人类情感与人性。

一、英美文学中的身份认同概述与本书的研究视角

从历史的发展来看，英美文学中个体的身份认同伴随着英美文化的形成、发展和强大而改变。以美国为例，美国是一个移民国家，早在两万多年前，美洲大陆就有最早的移民，他们跨越亚洲和美洲之间的白令海峡，追寻着野兽的踪迹进入美洲并向东边和南边铺散开来。印第安人在美洲大陆有自己独特的文化和生活方式，然而从1492年哥伦布发现新大陆之后，一切就被打破了。从此，美洲大陆开始有了主体和客体、欧洲和美洲、先进和落后、基督徒和异教徒等二元对立的历史景观。在随后历史发展的过程中，欧洲各国的移民不断蜂拥而至，在各种二元对立的文化景观中想象、建构并追寻着自我文化的身份认同。北美洲和欧洲的身份认同问题首先是在历史中形成的。

身份认同不仅是历史的，也是政治的、社会的和文化的。从政治角度来说，它涉及社会成员对自己所处位置和角色进行分类，并赋予不同类别和角色不同的权利、义务和责任，在群体的公共生活中形成"支配—服从"的社会秩序。社会秩序与微观权力不断互动，强化了个体和群体规训式的认同。从社会角度来说，身份认同不仅和制度结构有关，也是社会成员的主动选择。从文化角度来说，自20世纪60年代以来，女性主义、黑人民权、少数族裔平权运动、宗教复兴、嬉皮士等一系列社会运动几乎席卷了整个西方国家，很多运动至今方兴未艾。这场运动不同于以往在民族国家框架内以阶级利益和公民权为核心的政治斗争，而是围绕着特殊群体和个人展开，故不少学者认为当代西方世界政治图景的主要特点是各种文化群体要求政治承认和他们各

自身份的认同。①

　　本书首先以英国作家詹姆斯·乔伊斯短篇小说集《都柏林人》中《死者》的讨论为例，挖掘了小说中男主人公加布里埃尔的身份寻求与认同困境主题。20世纪六七十年代兴起的解构主义，可为理解加布里埃尔的身份认同困境提供一个崭新的视角。解构主义旨在批判西方传统的形而上学思维方法——为世界设立的世界本源即"终极能指"和批判建立在其上的一系列二元对立，并对非正当的教条、权威与霸权进行消解。解构主义的代表人物德里达认为解构主义是对人们习以为常的教条、权威与霸权的反抗。著名后现代主义理论家利奥塔尔在其基础上对真理、正义、本质等制造一系列使自身地位合法化的元话语提出质疑。所谓元话语，即启蒙叙事、宏大叙事，是解构主义旨在解构的非正当的权威与教条。在《死者》中，乔伊斯不再关注知识英雄如何推动历史发展、人性深度及形而上的终极探索，而去突出人物思想和行为的卑琐性。同时，在对文学创作中元话语中心地位、男女性别二元对立进行解构的过程中，突出加布里埃尔的身份寻求与认同困境。此外，在解构主义的基础上，通过对文学创作中潜文本即被编码的政治无意识的挖掘，读者可以看到既缺席又内在于文本之中的爱尔兰民族身份认同困境，关注到其中掩埋的作者的政治无意识，即爱尔兰人的殖民创伤、对民族未来命运的忧思，以及作者深沉的爱国意识。

　　此外，英美文学中的身份认同研究根植于社会历史文化，应该结合女性主义、新历史主义、唯物主义、后殖民主义和少数族裔话语研究范式来探寻权力政治与身份建构在文学中的表征。据此，本书以莫里森的迁徙叙事为例，探讨伴随黑人迁徙历史进程

---

　　①　泰勒：《自我的根源：现代认同的形成》，韩震等译，译林出版社，2001年，第19~26页。

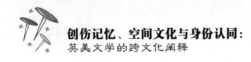

的文化、记忆与黑人身份建构之间的复杂关系。莫里森的多部小说书写了黑人迁徙主题，折射了从 1910 年到 1970 年美国黑人从美国南部迁徙到美国北部、西部、西南部和返回美国南方的逆迁徙历史，所以她的小说叙事也被称为迁徙叙事。莫里森的迁徙叙事刻画了两类迁徙人物：一类是从美国南方来到美国北方或西部生活，直接参与大迁徙历史的人物；另一类是迁徙者在美国北方或西部养育的后代，这类迁徙人物的空间旅行与父辈相反，他们由美国北方都市回迁到南方乡村。莫里森高度重视黑人祖先、黑人历史在迁徙人物记忆与身份建构中扮演的作用。她认为，代表着黑人社区、历史、宗教、音乐的祖先，给予迁徙人物保护和智慧。一方面，迁徙人物只有将个体记忆放置于黑人祖先、黑人集体记忆的框架中，才能理解其生存中遭遇的精神困境；另一方面，迁徙人物需要以批判性的眼光看待黑人历史与记忆，才能走向精神的自由，获得完整的自我。从迁徙叙事角度解读莫里森的小说，可以拓展并丰富现有的莫里森小说和身份认同研究。

黑人的迁徙历程丰富了黑人对自身历史、文化的理解，帮助其辩证地看待、构建自己的身份；而作为移民族裔的美国华人，其身份认同历程却有很大不同。

华人对美国主流文化的认同、对自己身份的定义随着华人在美国社会生活方式的变化而变化。不论是华人在主流文化中被"同化"、华人主动"融合"到主流文化，还是华人自我认同的"多元化"，都印证了华人融入美国社会的不同程度，都表明了华人在历史发展中不断调整族裔文化和美国主流社会文化的关系，用接纳、包容、同化、融合等方式增强华人在美国向上的社会流动性，以实现华人"家园梦""美国梦"。

综上可见，西方文学中的身份认同深深根植于西方社会现代性、身份流散性及经济全球化的矛盾中，是研究者剖析权力话语实践的文本领域。种族身份认同永远围绕种族身份是如何建构来展开研究的，涉及殖民主义、后殖民主义等复杂理论范畴，而民族身份认同则涉及民族国家概念，包含种种丰富的国家民族想象及族裔在散居中的复杂心理缘由，还覆盖个人经历折射出的多重历史。

二、空间理论现状和本书的研究视角

从 20 世纪 80 年代以来，"空间"（space）一词在人文社会科学领域成为重要关键词。围绕这个关键词有很多研究成果，角度各异。本书集中在空间和身份认同这一视角，从文学文本出发，借助作家的文学构想来寻求对于空间和人类生存环境更为清醒的认知。空间与文学的关系自古密切。有故事的地方就有空间。到了现代，人们对于时空关系的感受有了和过去截然不同的变化。空间不再是事物的容器，也不再仅仅是故事发生的背景。空间包含了更多的政治意义和理论概念，从纯物理空间向意识文化空间的转向也带来了文学中空间研究的热潮。

本书采用了昂利·列斐伏尔（Henri Lefebvre）的空间理论来进行文学分析。社会空间不是抽象的，包括空间中的产品和组织生产产品所必需的生产关系，它们有着秩序和失序。社会空间是一系列操作的结果，因而不能简化为一个简单的对象。它是过去所有行为的结果，并且也是鼓励或者禁止新的行为产生之地。这些行为包括生产和消费，如生产什么、为谁生产、消费什么、如何消费等问题。社会空间意味着知识的丰富性、多样性。列斐伏尔不是简单地拒斥先前哲人的空间观念，他回顾式批判研究的方法首先说明其理论思想谱系是建立在西方哲学传统之中的。他的理论的出场形态随着西方哲学中空间问题的出场、退场和再出场的运行来演变，通过不断复归思想的起点来发现其中的暗角和潜在逻辑。在此基础上，列斐伏尔的空间思想结合了马克思主义的社会生产理论，成为一种基于现实的空间辩证法，即"社会空

间"：空间的社会性和社会的空间性。列斐伏尔不仅要反思、批判以往"零碎的、片段式的"空间哲学思想，而且要建构集哲学、社会和语言于一体的空间本体论和认识论体系。这不仅是文本操演，而是能够积极参与社会实践的尝试。列斐伏尔从马克思主义社会批判的视角出发，对城市空间生产的形成机制和运作过程进行阐释和分析，促成了社会批判领域的"空间转向"，引发了后来思想家如詹姆逊、苏贾和哈维等展开对空间性是如何成为晚期资本主义社会文化基本特征的探讨。

列斐伏尔的空间本体论思想不仅影响了后来的不少理论家如德里克·格雷戈里（Derek Gregory）、大卫·哈维（David Harvey）、多琳·马西（Doreen Massey）、爱德华·苏贾（Edward Soja）和尼尔·史密斯（Neil Smith）等，也影响了很多用空间理论来阐释文学的文学批评家。他们借用列斐伏尔的空间观点和术语来分析文学文本，并且取得了很多成果。例如，尼尔·亚历山大（Neal Alexander）和詹姆斯·莫兰（James Moran）主编的《地域现代主义》（*Regional Modernism*，2013）一书探讨了地域测绘（scale）的概念，分析了现代主义作家如何在创作中挖掘更多的地方性特征，而不仅仅是阐释民族、国家这些概念。埃里克·布尔森（Eric Bulson）的《小说、地图和现代性》（*Novels，Maps and Modernity*，2007）则分析了现代作家作品中地图、定位的作用，并展示了文学制图的想象对这一时期许多小说家的重要意义。

本书重点以康拉德的《黑暗的心》为例来说明空间、身份认同及文学主题之间的互动关系。康拉德擅长图像描摹，其本质是建立读者的空间体验。康拉德小说中的空间有着多重文化意义和审美内涵，主要通过描摹、并置和延展对故事情节进行了空间化处理，将作家自己的个人经验和审美观念融合进小说的空间结构。这种空间建构的目的是真实反映人类自身多维的感情体验，增加多角度看待事物的方式，使小说更加客观地忠于现实，以提高作品内容的丰厚性、含蓄性和题旨的多义性。从时间的单一维度中解放小说，构建更加丰富的空间性，是现代小说家都在努力做到的事情。

事实上，每个人所处的位置和他们/她们是谁、将会成为谁，有着千丝万缕的联系。当我们试图用语言描述伟大作家如何开启文学旅程，以及他们/她们在美国文学史中的位置和地位是怎样的，"空间"就是解码的关键词。首先要把他定位在空间中的特定点（即时间和地点构成的纵横坐标）；其次考察他与其日常生活诸多要素之间的网络化关系——信息越丰富、越全面就越真实可信；再次通过考察作家、作品、读者和世界之间的关系，较为全面地勾勒出作品的面貌，并在研究者独特的视角和立场下，分析作品的意义。这种思考的方式实际上就是空间的方法。王尔德曾说，作家是探险者，每一步都迈向新大陆。这句话说明每一位从事写作的人都在进行文字制图，它和地理绘图有高度的一致性：首先要有信息；其次要可以解释；再次要不断发现未知的空间领域；最后作者不仅是探索者，而且是向导。

本书对这几个经典文学作品的叙事之旅，将形成一个较为立体、丰富的关于作家、作品和时代的概观。任何一部作品都不是孤立于外在世界的，都有现实语境并有历史联系。把作品放置于时代背景中去考察，更能凸显文学和社会、历史等的关系。因此，本书所采取的立场涉及文学作品的双重参照：空间和地方（文本层面上的空间创造）。文学作品本身就有一个空间语境，它通过其编码修辞隐含或明确地指代这个语境，在其中发挥作用，并作为空间创造本身的一个物质实例投射进去。空间的理论视角，就是把文学作品看作空间化实践的人工制品，以此对文学空间性研究重新校准，并在这双重的空间中挖掘文本内外的意义。

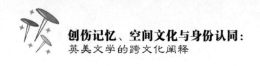

三、创伤、迁徙、家园与本书的研究视角

关于创伤的系统性研究可追溯到 19 世纪 70 年代让-马丁·沙可（Jean-Martin Charcot）的歇斯底里症研究。其追随者西格蒙·弗洛伊德（Sigmund Freud）、皮埃尔·让内（Pierre Janet）等对该研究继续发展，找出了歇斯底里症的心理成因，认为歇斯底里症是心理创伤的一种表现，即由于经历过令人无法承受的创伤，患者无法将自我与现实联系起来。由于歇斯底里症研究和女性精神失常、性暴力、乱伦等常联系在一起，导致公众的指责谩骂，这使得创伤研究一度中断。直到后来的两次世界大战、"越战""9·11"恐怖袭击事件等带来一系列的心理、战争创伤，加上美国民权运动、妇女解放运动的风起云涌，再次引发了社会对边缘受创群体的关注，吸引了一大批欧美心理学家、文学评论家、文化研究者和历史学家对创伤进行研究。1996 年"创伤理论"术语的诞生，标志着人文社会科学研究的一次新的突破。

本书在创伤视角下，通过对英国作家多丽丝·莱辛的长篇小说《野草在唱歌》的存在主义解读，探讨了女主人公玛丽在社会中的异化经历和创伤记忆。萨特在其存在主义的哲学论著中指出，人偶然地被抛到世界这个自在的存在，因为人有意识，只能成为自为的存在。人们生存于世，不断地在自在的存在与自为的存在之间的张力下进行选择，人们很难摆脱这种张力的缠绕，往往选择一隅，或中立，或自我虚无化，或死亡。玛丽在自在存在与自为存在的张力中艰难挣扎，在对自在存在的虚无化中努力创造自己的本质，但她未能超越与克服自在存在的偶然性，最终走向了自我毁灭之路。萨特和福柯关于凝视机制的理论表明，玛丽作为未婚女人、白人和穷人在全景敞视机制下对自我实施监视而丧失自我以致精神分裂，最终走向死亡。此外，小说中玛丽童年的创伤体验超出了玛丽正常的自我心理防御机制，撕裂、摧毁了玛丽完整地认知、表达生命体验的能力。同时，创伤记忆在玛丽婚后生活中反复再现，又被玛丽心理的抵御机制阻挡，使其与外界的联系建立失败，创伤无法克服。玛丽被无法愈合的创伤、难以名状的恐惧、乱梦萦绕的长夜异化、折磨，只能在绝望中等待死亡并最终走向毁灭。

创伤对黑人群体的影响更不容忽视。本书通过对莫里森迁徙叙事的探讨，旨在揭示黑人大迁徙过程中的历史创伤在迁徙人物及其后代之间的代际传递及造成的影响。如《最蓝的眼睛》中主人公佩科拉的悲剧不单单源于主流白人审美文化的异化影响，还在于其周围的迁徙人物因受困于美国南方的奴隶制记忆、种族主义记忆的影响，将他们的创伤记忆无形中强加给了后代，造成了创伤记忆的循环往复，导致了佩科拉的悲剧。又如《所罗门之歌》中的主人公奶娃遭遇了类似佩科拉的精神荒芜。作为迁徙者的父亲麦肯和好友吉他无法向奶娃传授黑人文化中的智慧，无法帮助他实现"飞翔"之梦。但是，相比遭受创伤记忆伤害的佩科拉，奶娃要幸运得多。受姑姑派拉特指引，奶娃从北方密歇根州一路南下，来到了黑人祖辈生活过的南方故土。南方黑人库柏和瑟丝引导奶娃认识并理解黑人祖先的历史与文化。奶娃逐渐抛弃了对物质财富的追求，开始关注黑人文化营造的精神世界。最为难能可贵的是，他学会了辩证性看待祖辈历史：祖先所罗门为了逃离奴役，飞回非洲，他是黑人族群的骄傲；但是，他抛弃妻儿、独自飞走的行为应当引起后辈黑人，尤其是黑人男性去反思对黑人女性造成的创伤。在批判性地继承祖辈遗产的基础之上，奶娃走出了祖辈的创伤记忆，创造了全新的个体记忆、个体身份与集体记忆，实现了"飞翔"之梦。

同样，华裔美国文学的发展同样折射了创伤、记忆与空间变迁对华人身份认同的影响。美国华人的身份认同问题与历史上华人在美国的经历和遭遇息息相关。早期的唐人街是华人寻求精神

慰藉之地，却又是一个被美国主流社会排斥的文化"飞地"，体现了华人在地理和精神空间上被双重隔离的状态。中国实行改革开放政策后，大批华人新移民来到美国并组建了许多新的华裔聚居区。新的华人聚集区是一个充斥着资本意识形态、族裔文化因素的杂居之地。此时华人新移民的生活经历、生活空间被不断书写于文学作品中。华人新移民文学既包含了早期华裔美国文学中的身份焦虑、文化冲突、社会融入等问题的考量，又有着自己的发展脉络，在华裔美国文学中呈现出"移植""回归""离散""流散"到"反思"的主题变化轨迹。华人作品中凸显的"虎妈"式的教育理念与美国主流教育理念的差异，本质上反映的是文化的差异，而"家园"书写杂糅了华人复杂的身份认同和"落地生根"的情感，这也预示着华人身份认同与黑人身份认同所具有的本质上的不同。黑人盲目崇拜白人、忽视自己的族裔历史，这给黑人自身造成的伤害需要反思；而华人在族裔传统文化与美国主流文化的选择中则面临各种挑战，在永久外国人和模范少数族裔的刻板印象中遭遇着身份认同的重重束缚。

四、本书的理论和现实意义

本书选取的作品都是英美文学中具有代表性的经典著作。阅读、分析和阐释这些典型作品，是文学研究者的职责所在。本书采用文本细读、历史分析、文化阐释等多种研究方法，深入挖掘文本内外的意义，旨在厘清创伤、视觉、空间和身份认同之间的互动关系，这对于学习者进行文学作品的研究有很好的借鉴意义。

全球化时代的今天，习近平总书记提出人类命运共同体的理念，这要求我们要学习外国文学，阅读人类对于真善美的精神探索，在文学对比中更加增强民族自信心，为弘扬民族文化、讲好"中国故事"打下坚实的基础。

第一章　视觉空间与身份认同

在视觉转向和图像时代的今天，语象叙事研究是学界研究的一大热点。本章从语言与图像之间的关系、视觉观看角度来展开分析两部经典文学作品，两篇文章有着内在的关联和逻辑性。本章第一节"语象叙事与视觉寓言——论《黑暗的心》主题的呈现方式"细致分析了语言图像的关系及小说如何通过语象叙事来呈现主题。第二节则聚焦于厄普代克小说的空间叙事。《兔子，跑吧》是厄普代克"兔子系列"小说的第一部，描述了主人公哈利在1959年的生存状况和环境，折射出当时普通年轻人的情感结构和整个社会的病症。20世纪50年代的美国年轻人通过反叛传统价值观来进行精神探索，"逃离"成为他们的一种普遍命运——这不仅是个人的道德或精神问题，更是和社会发展的方方面面有关。战后美国政治、经济和社会关系的新发展，使得传统清教伦理和价值观在现代社会中遭遇严重的挑战；经济和科技的发展带来的公共空间的商业化、层级化，家庭私人空间的不平等、权力的失衡，让人在物理空间和心理空间都无所适从。空间政治问题在最细微处规训着人的思维和感知，最终导致了整个社会情感结构的变迁和转型。

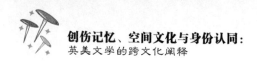
第一节　语象叙事与视觉寓言
——论《黑暗的心》主题的呈现方式

很多研究者曾指出康拉德的《黑暗的心》是关于声音在本体论和认识论上逻各斯中心主义的表征，其中声音是小说建构的基础和读者多维度阐释小说的场域所在。国内学者李靖认为这部小说是康拉德围绕声音进行的文化思辨实践。[①] 通过进一步分析可知，声音永远出现在画面中，所谓有声有色，就是声音和画面不可分。《黑暗的心》中有大量的场景和画面描述，当图像呈现了诸多声音景观的建构要素时，作者实际是在建构图像中的听觉想象，因此分析《黑暗的心》的文本语象就成为本节亟待探索的文化命题。

"语象"（源自希腊文 Ekphrasis）一词是古希腊的修辞术语，指的是用语言文字构图，对视觉现象进行文字描述。小说用语言构图的理论存在已久。英美第一部小说理论专著卢伯克的《小说技巧》花大量篇章论证了小说是呈现给读者看的轮番交替出现的画面和戏剧性场面。福斯特在《小说面面观》中论述了"图式"和小说美感之间的关系。这些都说明小说重视图像叙事是由来已久的传统。王安、程锡麟的《西方文论关键词：语象叙事》一文对语象一词的历史、定义与范围进行了细致考察，认为语象叙事的分析价值是基于赫弗南的定义——"视觉再现的文字再现"[②]。"再现之再现"不是简单的模仿、拷贝或描述场景画面，而是对图像化语言的后语言学、后符号学的阐释，是将文本语象看成视

[①]　李靖：《〈黑暗的心〉：声音复制隐喻与康拉德的逻各斯》，《外语教学》，2014年第 35 卷第 5 期，第 85～88 页。
[②]　王安、程锡麟：《西方文论关键词：语象叙事》，《外国文学》，2016 年第 4 期，第 77～87 页。

觉、话语、权力和修辞等之间的复杂互动。小说《黑暗的心》中图像和场景描述占据了小说的大半篇章，是什么动机促成了作者把整个文本建构成了语象叙事？当语象叙事成为方法时，意义在视觉世界里如何产生并传递？"黑暗的心"如何通过视觉来表征？语象叙事对于小说的主题呈现有何作用？

一、语言的不可讲述性和语象的希望

促成康拉德把整个文本建构成图像叙事的动因，在《黑暗的心》中主人公马洛讲述故事伊始，我们可以窥见答案。作者交代了一件至关重要的事情：语言的不可讲述性。故事无法用语言来叙述的特性借小说叙述者之口被阐述如下：

对他来说，一个故事的含义，不是像果核一样藏在故事之中，而是包裹在故事之外，让那故事像灼热的光放出雾气一样显示出它的含义来，那情况也很像雾蒙蒙的月晕，只是在月光光谱的照明下才偶尔让人一见。①

故事的不可讲述性首先意味着什么？康拉德勾画了两幅充满感情色彩的精致图像要说明的是语言无法言说的部分，即在叙述机制外闪烁的意象，只能由图像叙事模式替代。如果说文字的局限在于"书不尽言、言不尽意""言有尽而意无穷"，那么文字对于图像的书写，就是对文字缺憾的弥补和超越，通过"神用象通，情变所孕。物以貌求，心以理应"来实现升华、建构特色。借助图像丰富的意象，小说不仅达到了解释世界的目的，更重要的是让读者凭借经验从图像中寻找看待世界的方式。康拉德曾说，小说家的职责，就是要全方位开启读者的感受系统，首先就

---

① 康拉德：《黑暗的心》，黄雨石译，商务印书馆，2019 年，第 9~11 页。

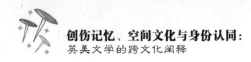

是要让读者看到。[1] 这也是语象叙事要达到的第一个目标：追求真实性、在场性，传达一种栩栩如生的效果。

语言的不可讲述性还表现为语言具有价值判断，而图像是沉默的。某些不可言说的价值判断必须靠图像来传达。这是语象叙事要达到的第二个目标：图像的权力隐喻。

图像最典型的表达是地图。马洛开始陈述之初，说到地图这一重要概念："要知道在我还是个小不点儿的时候，我就对地图十分感兴趣。我常常会一连几小时看着南美，或者非洲，或者澳大利亚的地图，痴痴呆呆地想象着宏伟的探险事业。"[2] 作为对地形的模仿，地图并不完全等同于实际地理的客观状况，而是一种映射和想象。如果说科学理论就像地图这样并不完全等同于经验世界本身，而只是模仿性的叙述，那么所有的知识都有建构性质。《黑暗的心》用语象的创作方法，实际上引发的是关于历史、现实和文学想象中知识建构的权力关系问题。例如，刚果河在刚果人的眼里是世界与神灵及死者世界之间的分界线。生命是一个圆，在这个圆里，个体从生者的世界跨入死者的世界，然后又返回到生者的世界。社会作为一个整体，生和死共存。而 19 世纪末 20 世纪初的欧洲人去刚果旅行，不习惯看到没有船的刚果河，认为自己的任务就是帮助落后的非洲人成熟起来。刚果河在两种文化的视觉观看中意义截然不同，刚果河被两种文化建构出了两种截然不同的心理地图。小说还浓墨重彩地描述了两条重要的河流：泰晤士河沉静威严、潮涨潮落，永不停息地为人类服务；刚果河神秘莫测、恐怖可怕，永不停息地制造死亡。地图作为知识和工具，永远不能告诉你在这条河上发生了什么，永远在遮蔽真

---

① 约瑟夫·康拉德：《〈'白水仙'号上的黑家伙〉序》，赵少伟译，《世界文学》，1979 年第 5 期，第 298～303 页。

② 康拉德：《黑暗的心》，黄雨石译，商务印书馆，2019 年，第 17 页。

正的现实。它制定了我们可以观察的因素，也遮蔽了我们不能观察的因素。遮蔽，意味着"黑暗"。真正的黑暗，就是所有的知识都不会告诉你，你也永远无法知道你将踏入黑暗之中。因此，和马洛最后的谎言一样，在风平浪静的叙述表面下，"文字地图"究竟在暗流涌动地遮蔽什么，为什么遮蔽，这是我们永远无法探究彻底的问题，而所谓的西方文明在很大程度上就是在谎言堆砌和遮蔽中建构出的脆弱大厦而已。

除此之外，语言的不可表述性还在于其时间性和历史性的特征，即缺乏图像的立体空间感，用语言构图能够让空间图像流动、发声，成为永恒。整部小说的叙事时态都是过去式，表述的是过去发生的事情。这和图像的特征一致：所有的图像都呈现的是过去时刻的某一点，表达的是已经逝去不再的景物。因此，所有的图像都有哀悼和忧伤的情绪在里面，其本质就是对死亡的哀伤。而对于死亡的构图，相伴而生的是道德拷问。所以语象叙事的第三个目标是在对"死亡"的空间图像的动态描摹中呈现出道德的追问和反思。

《黑暗的心》是以康拉德非洲之行的亲身经历为模板来创作的，文中没有任何关于殖民主义、文明和野蛮、道德和秩序的批判分析和历史思考的话语，而是通过一帧一帧的画面来勾勒和传递作家的心灵感受。马洛非洲的寻觅之旅实际上是人类心灵之旅的隐喻。从马洛在海滨站的不安预感，到中心站道德防线的崩溃，再到内陆站见到库尔兹的彻底堕落，语象叙事下的丛林和荒野一步一步把中心边缘化，把文明野蛮化，把库尔兹、欧洲文明和黑暗画成等号，质疑了西方文明一直以来的封闭时空观和中心救赎思想。小说一开始就出现了马洛在看地图时候的自述："我要进入一片黄色的地区。它位于正中心上。"[①] 从古罗马开始，

---

① 康拉德：《黑暗的心》，黄雨石译，商务印书馆，2019年，第25页。

在西方神秘主义传统思想中，灵魂必须要到神圣的"中心"才能得到救赎，越远离中心的地方，存在越多的黑暗。接近中心，则意味着灵魂救赎，意味着发现新的知识体系，可以解决所有的矛盾和问题。西方从古罗马帝国到中世纪"十字军东征"、从奥斯曼帝国到西班牙崛起，一直到第一次世界大战、第二次世界大战，无不渗透着寻求真理的光荣与幻想。康拉德在小说中对中心和真理从一开始就持怀疑的态度。通过马洛的讲述可以看出，如果迷宫一样的大自然有一个中心，接近这个中心就会有超验的唯一的真理的话，如今这个真理就是走入黑暗深处之路。

《黑暗的心》中语象叙事通过文字勾勒图像景观所形成的文学空间地图，具有超出文字的隐喻表达：景观的重要性在于其相关性——物质环境造就了怎样的人类社会。因此，康拉德景观图像的书写本质是在将家园、权力、现代性等概念联系起来，通过描摹、拼贴、并置和延展的构图技巧来达到生动地传递某种观念形态并使之扩延，而深入人心的目的。

二、"黑暗"图像的描摹、拼贴、并置和延展

泰晤士河与刚果河的景观截然不同。小说开篇就是文学语言对于画面的摹写，整个叙述像电影画面一样展开，描述了泰晤士河入海口的景象：

泰晤士河的入海口，像一条没有尽头的水路的起点在我们面前伸展开去。远处碧海蓝天，水乳交融，看不出丝毫接合痕迹；衬着一派通明的太空……格雷夫森德上空的天色十分阴暗，再往远处那阴暗的空气更似乎浓缩成一团愁云，一动不动地伏卧在地球上这个最庞大，同时也最伟大的城市的上空。[1]

康拉德的语言简单干净，他善用形容词勾勒细节，长句子的

---

[1] 康拉德：《黑暗的心》，黄雨石译，商务印书馆，2019年，第3页。

运用使得画面有连续感和节奏感。饱含深沉阴郁色彩的描写像电影的长镜头，缓缓从远处的入海口拉回近景船上。画面庄严沉静，充满昏黑朦胧的海洋气息。从这样宏大又幽暗的画面再拉到近处人物的静态出场，显得人如沧海一粟般渺小。康拉德用语言做镜头进行场景的描摹和组接显得动态而立体。开篇这几帧画面描摹出了天地的广阔和人生的艰难，画面的底色是深沉庄重的。对比刚果河——死亡之河的描述，我们能看出康拉德通过不同环境的塑造含而不露地凸显了人被不同环境影响而呈现的复杂特性。作者虽没有进行直接评论，但文中包含的所有感情和道德的评判都呈现在小说的格调氛围之中：

> 沿河而上的航程简直有点儿像重新回到了最古老的原始世界，那时大地上到处是无边无际的植物，巨大的树木便是至高无上的帝王。一条空荡荡的河流，一种无边无际的沉默，一片无法穿越的森林。空气是那样的温暖、浓密、沉重和呆滞。在那鲜明的阳光下，你并没有任何欢乐的感觉。一段段漫长的水道，沿途荒无人烟，不停地向前流去，流进远方的一片阴森的黑暗之中。[①]

刚果河的环境中弥漫了神秘压抑之感，铺天盖地的是凶险又怪诞的氛围。贪婪、愚蠢、堕落、龌龊与这样的环境相匹配。河、天空、乌云、树丛的意象在小说中反复出现，它们形成了一个个图像表征系统，借由这个系统拼贴出无限多的画面。种种图像的拼贴组合就成为制造画面的机器，形成了一个黑暗图像的能指链，也可以说是一个一个比喻性画面的结构方式。借用小说的真正讲述者，听马洛讲故事的人问的问题："（我）希望能从中找到一个线索，让我理解这个似乎并非假人之口，而是在河水上空

---

① 康拉德：《黑暗的心》，黄雨石译，商务印书馆，2019年，第103页。

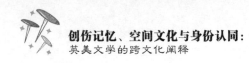
重浊的夜空中自己形成的故事，为什么会引起了我的淡淡的悲愁。"① 这个线索实际上就是色彩、光线、声音构成的图像符号代表的能指，引出读者思想或者观念的所指。而能指和所指之间的对立强调了图像符号替代缺席的指称对象，图像永远是替代品，在它指涉某物时，它通常远离某物或者在某物之后。真正的"意义"永远缺席，再现的图像经过再现之再现后呈现给我们，再现的图像所产生的模糊性与多样性让真相不仅难以捉摸而且令人痛苦。每次读者要接近它，它都迅速逃离，留给读者永恒的黑暗图景。这也是《黑暗的心》整个故事的展开模式：不是要明确地讲出一个道理，而是要分散并掩饰真正的道理，展示种种图像景观，而最终故事的含义，不在讲述之中，而是在叙述之外。这也是这部小说激怒很多读者的关键所在。《黑暗的心》的图像叙事方法是基于"语言的毗邻性"展开的，即不告诉你真理是什么，而是触发关于真理的图像想象。

基于毗邻性的图像描摹本质是建立读者的空间体验。康拉德对于广阔空间的描摹是稳健流畅的，他笔下的刚果河流域幅员广阔，充满了容易使人产生距离感的联想。对于读者来说，无论哪个画面都可以发挥对于远方的想象。在任何一条河的岸边、在河水流过的陆地、在每一处森林边缘，非洲这个名字意味着地域无限。康拉德在图像的描摹中不仅有色彩、有光，还有通过光影变幻传达的时间和空间感：

月亮已经在一切东西上面铺上了一层薄薄的银色——在茂密的乱草上……一个阴暗的缺口看到它闪闪烁烁、闪闪烁烁、一声不响向前流动着的河水上……我们这些胡乱窜到这里来的，到底都是些什么人呢？我们能够控制住这无声的荒野吗？还是它将控

---

① 康拉德：《黑暗的心》，黄雨石译，商务印书馆，2019年，第81页。

制住我们?①

这幅画面的光线和色彩的流动性非常强烈,带给读者空间的体积感,让人身临其境。这幅画面全面开启了读者的视觉、听觉、触觉及嗅觉等感觉系统。遥远又广袤的刚果河被时空压缩进读者的阅读体验:时间就是空间,空间就是时间;荒野不仅是生活的场所,更是人的存在方式。当我们跟着作者的目光去观看时,非洲近在眼前——月光、乱草、烂泥、树丛、河水,远景近景并置,光线和色彩统一。读者被这幅静谧、神秘的画面震慑,引发的是对人性之深邃和精神之恐惧的感受。

空间的描摹、音色交响、画面的并置和延展就是这部小说主题得以表达的最合适的形式。画面传达的不仅是空间和人的存在方式,更重要的是人内心的感受,即对于黑暗和死亡的感受。此处康拉德用图来预示"梦",给黑暗蒙上了一层扑朔迷离的面纱。如果说马洛描绘的图景可以看作梦的再现,那无意识书写的流动把我们带到了一个幻景,这个幻景形成一种内在自我的直接呈现。这些触手可及的意象,河水、微风、树叶等把各种看似不相关的事物拉入一个统一的点,这个点就是幻景下的黑暗。脆弱的生命如同漂泊中的落叶,在这个光影照耀下的黑暗中无所依凭、无处归属、无法遁藏。

小说结尾处的描摹和开头描写泰晤士河的画面形成了对照。其体现的格调阴郁冷漠、庄重平静,节奏平缓有力、绵长哀恸,勾勒了不仅是流动的,而且延展到无边无际的黑暗远方。小说结尾用语言绘画,呈现出了直观、感性、具体的感觉,一帧一帧地演示出生命的死亡和黑暗的漫无边际,使小说达到了思想性、艺术性和感受性的高度统一。

---

① 康拉德:《黑暗的心》,黄雨石译,商务印书馆,2019 年,第 79 页。

三、"黑暗"图像的视觉寓言

对图像的表征和对图像的感知并不相同。语象叙事的另一面是我们如何描述作为观者的感受，"黑暗的心"如何通过观者的视觉来表征。

在康拉德的小说创作中，康拉德是掩藏在故事的讲述者马洛身后的实际讲述者，故事采用了双层讲述的结构。康拉德用"马洛系列"的内部视点、多角度叙事的双层讲述结构的手法，其用意和效果是什么？实际上这种手法揭示的是观看永远是一种双向互涉且多角度的行为。观看永远处在主体和客体的相互关系当中，主体和客体在观看中彼此建构着对方。由此，观看的对象就是由不同的观看主体及来自不同的观看方式建立起来的总体，简单地说，观看永远是旁观者在场的活动。

如果说《黑暗的心》是关于"殖民主义""帝国主义""人性之恶"的寓言，那么这个由语象叙事带来的互动观看所形成的寓言，本质就是"反本质"的"另一种言说"，即半透明，不可言说。"寓言"（allegory）在辞源学中来自希腊文"allos"（另外的）和"ag-oreuein"（公开演说），意味着"另一种言说"。从浪漫主义开始，寓言已经从一种表达机制走向了视觉情境的意义生成机制，其内部蕴含着异质性的结构部件，它们互为穿插交织，呈现出一种自相矛盾的冒险运动：在不断拆解中，在作品的内部与外部中，在看与被看中揭示了图像与意义共生的关系。换句话说，现象与本质、肉体与灵魂、感觉与理性、文化与自然、人与动物等的二元对立不仅仅是一种评价和分类体系，而是一种生产机制、一种表征性实践。

在双向互动的讲述中，马洛勾勒的图像有很多空白和断裂，造成了含混性意义表达，这也是这部小说从诞生起就一直被讨论的原因之一。这些空白和断裂有哪些？比如，小说最后库尔兹的未婚妻表达了对他强烈的思念，但他们俩的过去并未被讲述；库尔兹得到所有人的尊敬，但他的历史也没有详述；马洛对于库尔兹的态度含混不清；库尔兹的忏悔建立在虚无缥缈的梦幻当中，梦幻给人希望，但又让人寻不到出路；黑与白、沉沦与救赎、幻灭与理想、谎言与真实共存，在这些二元对立中，马洛和故事的真正讲述者都没有做出明确的伦理选择。大量的断裂图像凸显了这种含混性，但这种表达方式本身就成为故事的两位叙事者，构成了读者认识世界的方式。例如，库尔兹死后马洛描摹的画面如下：

> 生活实在是个滑稽可笑的玩艺儿——无情的逻辑作出神秘的安排竟然只为了一个毫无意义的目的……我曾经和死亡进行过搏斗。这是你所能想象到的一种最无趣味的斗争。那是在一片无法感知的灰色的空间进行的，脚下空无一物，四周一片空虚，没有观众，没有欢呼声，没有任何光荣，没有求得胜利的强烈愿望，也没有担心失败的强烈恐惧……①

我们从这幅画面中看到的是生命的虚空和无聊，是缺乏与死亡搏斗的力量和生命力。这不是读者想象中英雄死亡的故事，读者也无法对这种悬空有任何感同身受。如果说亚里士多德的悲剧是对一个严肃、完整、有一定长度的行动的模仿，那《黑暗的心》刻意破坏图像的严肃性和完整性所引发的悬空和断裂，比小说直接勾画悲伤，更能唤起读者悲悼哀伤的情绪。断裂性、碎片性比连贯性和整体性更能表征黑暗的死亡主题。这也完全契合本雅明所说的"寓言"。寓言并不是一种比喻的技巧，而是一种表达方式。寓言化的表达方式在于碎片、断裂和不连贯，在于我们不断地赋予寓言以意义，然后打碎这种意义，形成新的碎片。《黑暗的心》最终的结果指向死亡，指向满目疮痍的骷髅地。这

---

① 康拉德：《黑暗的心》，黄雨石译，商务印书馆，2019年，第223页。

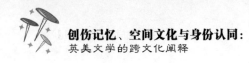
也是小说主题"黑暗"和"死亡"的表征在文本外部，即在读者反复拆解、猜测、论证、观看的寓言形式中形成。

康拉德精致的描摹所呈现出的图像从诡异的平静到满目疮痍的循环随处可见。图像中人的形象可有可无，作者试图引诱读者启用一种寓言式的观看方式，即读者试图记住大段大段精致的场景描写中的连贯、一致和戏剧性，然而精致描摹的背后都是断裂。断裂造成的阅读困境不断撕裂着图像叙事带来的感受，现实的景象描摹不断被跳跃、被搁置、被遗忘。这部小说对读者最有挑战性的地方就是图像的真实性和不连续性带来的紧张。最后读者会陷入本雅明式的"忧郁性沉思"，其本质就是清除对现实世界的最后幻觉，开启读者对黑暗世界的反反复复地重新观看。康拉德用寓言机制将我们每次所理解的主题分解成碎片。因此，对于《黑暗的心》的主题到底是殖民主义还是反殖民主义，到底是对恶的批判还是对帝国主义的赞誉的讨论迄今经久不息。但这不并妨碍这部作品在每次赋予意义后又重新碎片化的过程中成为经典，成为英美文学史上最伟大的小说之一。

四、小结

在西方文化中，"看"这个词的意义经常可以与"知道"一词互换。视觉文化不但标志着一种文化形态的转变和形成，而且意味着人类思维范式的一种转换。语象叙事反映出的图像和语言的关系，不只是媒介和艺术效果的问题，还是意识形态、社会制度、文化斗争、权力、他者、身份认同的问题。正如福柯认为词与物的关系是无限的，图像与语言的关系也是无限的，而要呈现出这种无限的关系，就需要在具体的文本中去把握分析。

康拉德强调用图像感知的心灵体验是对现代、黑暗、死亡的描摹和追问。传统认识论认为，在图像和语言的二元对立中，图像是感知手段，而语言是思维工具。语象叙事打破了两者的二元对立。《黑暗的心》中大量拼贴和并置的图像带给了观者全新的视觉想象体验，散点透视般移动的目光质疑了传统图像的一致性和真实性，进而挑战了西方主流文化中不言自明的真理观和历史传统的权威。寓言的表达并不是被作家预设好的单层结构，而是根据不同的语言层级不断衍生出的多层次的叙述结构。而意义就在语言不同的层级机制中绵绵生成。由此，《黑暗的心》被不断拆解又不断被建构出一个产自自身又反抗自身的艺术现实，永远指向"另一种言说"，其断裂和空白处产生的意义更为绵延不绝。

第二节 《兔子，跑吧》
——空间叙事与情感结构的互动

约翰·厄普代克（John Updike，1932—2009）的"兔子四部曲"全面刻画了美国1959年以来中产阶级琐碎的日常生活、病态的心理状况、错乱的伦理道德及矛盾的人际关系。四部曲囊括了美国国内授予的文学创作的所有重要奖项，说明其文学性、政治性和社会影响力都得到了广泛的认可。《兔子，跑吧》（Rabbit，Run，1960）的故事发生在1959年的3月至6月，讲述了主人公哈利·安斯特郎因不满自己的工作及家庭平庸的生活而出走的故事。兔子为什么要跑？表面上看，是琐碎的日常生活限制了他对于自由的渴望，现实和幻想的矛盾导致他对生活的失望而出走。有很多研究者者从精神分析、存在主义、生态主义、世俗化宗教等角度分析兔子逃跑的心理和社会成因。然而兔子的出逃并不是个案，文学通过对典型人物的刻画来折射某个人群乃至整个社会的病症。

"逃离"是美国文学的一大母题，也是美国文学的一个内在经验。这既是由美国历史决定的，也有深刻的西方哲学思想和文化根基。《兔子，跑吧》显然不是《荷马史诗》或《圣经·出埃

及记》那种背负使命向远方流浪获得灵魂救赎的古典神话。无论是在初衷和方式，还是在目标指向和结果上，兔子的"逃离"都是对历史的反讽，其出逃并没有实现个体解放或者回归本心的目的。想要"逃离"又逃不掉的悖论不仅是兔子哈利个人的道德或精神问题，而且是和社会发展的方方面面联系在一起：战后汽车工业和公共交通的蓬勃发展使得普通人出行便利，年轻人越来越讲求实际、崇尚技术而放弃政治追求。公共空间和社会生活越来越被商业资本控制，没有任何政治语言或政治目标能够抗拒得了空间商业化带来的新的政治化的问题，结果越不想谈政治，越发现一切都是政治。商业产生新的社会阶层，这又带来阶级的分隔和矛盾。20 世纪 50 年代美国生育率居高不下，反对妇女工作、大肆渲染母亲的角色使得父亲在现代社会中不合时宜地占有支配地位，女性地位空前下降，家庭中男女矛盾突出。科技、商业、政治和社会关系纠缠在一起，使得传统清教伦理和价值观在现代社会中遭遇严重的挑战。因此，20 世纪 50 年代"垮掉派"的青年人通过反叛传统价值观来进行精神探索，"忘了来路，不知去处"的逃离成为他们的普遍命运，这种现象体现出物质空间和心理空间上的无所适从所带来的情感结构的转型：普通人囚禁在时代的涡流、辗转于空间的腾挪，其所体验到的喜怒哀乐和疼痛、忧患等感受带来的情感结构更迭，这比社会政治经济制度的转型影响更为深刻。

我们只有把小说的分析放入社会实践的过程中，去辨别各种新兴的社会因素在一种场域式的结构性互动中如何共同建构了一个时代新的文化意识，才能真正理解这个时代的内在文化精神，即雷蒙·威廉斯（Raymond Henry Williams）所说的"情感结构"。"情感结构"（structure of feeling）是雷蒙·威廉斯"文化唯物主义"理论中重要的概念，在《漫长的革命》（*The Long Revolution*，2013）、《马克思主义与文学》（*Maxism and*

Literature，1977)、《文化与社会》（*Culture and Society*，
1958）中威廉斯通过分析19世纪40年代英国作家作品中"极为
深刻而广阔的沉着"，认为这个概念的内涵有三点：一是情感结
构的主体是日常生活中的普通人。二是历史性、稳定性和变化性
的统一。历史形成、稳定存在，又不断随日常生活实践而变更。
三是其稳定性和变化性导致了种种张力：客观结构与主观感受之
间、文本与实践之间、情感与表达之间、个人与社会之间的张
力。这些张力不断促成情感结构的塑造与再塑造。《兔子，跑吧》
是祈使句，可以看出作者意在说明主人公哈利需要通过物理空间
的转移和心理空间的更迭来跨越人生障碍，但到结尾"他跑了起
来。他跑啊，跑啊，跑"①，兔子虽然不停奔跑，却无处可逃。
这部分契合了海德格尔的观点，即现代性的最大问题在于它所凭
借的技术手段造成了人类"无家可归"的状态。因此，通过阐明
小说主人公兔子哈利的空间体验带来的情感结构的发展和变迁，
读者可以理解20世纪50年代的青年不满、逃离和反叛的根本
原因。

一、汽车的空间区隔与乌托邦情感结构的破灭

与尤利西斯式传统漂泊的根本不同点是，现代的交通工具成
为理解20世纪50年代美国青年逃离的关键所在。小说中对于汽
车的描述占据了大幅篇章，汽车是兔子哈利家庭生活的主角，反
映了当时美国社会物质生产的基本特征，不仅是人们精神生活的
载体，凝聚了普通人的感情和对生活的想象，而且还是各种社会
矛盾和冲突的焦点。据统计，1959年美国汽车销量突破700万
辆，其中家庭轿车610万辆，超过70%的美国人开车上下班。

---

① 厄普代克：《兔子，跑吧》，刘国枝译，上海译文出版社，2017年，第331
页。

美国被称为"车轮上的国家"（a country on wheels）也说明了汽车是美国中产家庭的标配，是美国现代化的表征。汽车使人在快速流动的空间体验中产生了复杂的现代性的感情和诉求——拥有一辆私人汽车，就是拥有更大的自由，随时可以逃离此时此地的困境和窘迫，通往远方"天堂"。汽车是实现自由民主的"美国梦"的刚需，更是阶级区分、身份认同的表征。

兔子哈利婚前的第一部车是花 125 美元买的 1933 年生产的纳什牌汽车，在他结婚的时候做汽车生意的岳父以 1000 美元的超低价卖给兔子一辆福特车。当时兔子每个月的收入为 77 美元，手头拮据，他心不甘情不愿地买下了车。此处汽车的符号意义首先在于划分阶级区隔，进而产生身份认同：纳什牌汽车和福特汽车有关联性矛盾——每个品牌固定的消费阶层不一样，这些阶层的经济状况不同，住宅不同，社会交往也不同，因此开什么车直接划分了人的活动空间和领域，可以称为阶级差异。汽车带来的空间和阶级区隔的观念在 1959 年的美国根深蒂固，潜移默化地决定了人与人交往的态度，形成了稳固的情感结构。兔子哈利的穷朋友托瑟罗跨进他的车里时，他感到受到了冒犯。兔子不比托瑟罗有钱，此处兔子不愉快的空间体验说明仅仅是一辆车，足以让兔子认为他们不是一类人。兔子的情人妓女鲁丝建议兔子把车卖掉，说明鲁丝认为福特车不属于她和兔子所在的阶层。牧师埃克里丝开的是崭新的加长的别克车，且与车配套的是，他还住一幢豪华大砖房，爱好高尔夫球。兔子想要向他寻求精神帮助，但最终也没有得到心灵的救赎。任何人都逃不开世俗生活的藩篱。"藩篱"即空间限制，基于不同空间认同的群体，因为不同的空间实践和体验，在流动的空间交集中产生了种种矛盾。汽车的首要功能是实现空间转移的自由，但在实现想象中的自由之前，汽车首先完成了人的符号化身份认同。认同就是区分同一性与差异性，产生心理上的空间区隔。

　　20世纪美国汽车工业突飞猛进的发展所带来的空间实践与社会关系不断地相互作用，这带给普通人的空间感知的变革是潜移默化且深刻复杂的。汽车的便利使得《奥德赛》那种历时十年，向远方流浪寻求救赎的古典神话和乌托邦情感结构破灭。宏伟的、群体的历史感在个体快速的空间转移体验中崩溃，远方的世界与"这里"没多大差异，而且容易抵达。更快的流动性和速度感带来了更多的内心矛盾和外部冲突。兔子哈利每次解决矛盾的方法不是面对，而是开车逃避。他并不知道自己究竟想要什么，也不确定找到了没有，因而只能不停去找，不停地赋予欲望对象以某种意义，然后不停地以失败告终。这是兔子第一次逃离，漫无目的地开车逃离孕期的詹妮丝，与情人妓女鲁丝苟且两个多月。他对自我逃离的评价，简单说就是无聊。汽车带来的自由是在形式上人可以开车说走就走，而内容的缺乏会导致人彻底失去心灵的根基。广泛存在于19世纪美国文学中的家庭是使人感受到依恋和信任的、相对稳固的私人空间，是漂泊者最终的情感归属和心灵乌托邦。《兔子，跑吧》中家园意义的消散，使得有家但却不想回变成一种普遍的情感结构。

　　小说的结尾是兔子哈利与妻子詹妮丝刚出生的第二个孩子溺水身亡，兔子同时得知情人妓女鲁丝可能怀有自己的孩子。这两件事共同消解了三个人"回家"的指向，传统以血缘关系为纽带的家庭伦理被破坏殆尽。婚姻中的性契约无法限制任何人，当性成为自由流动的东西且对很多客体开放，这就不再是私人空间的问题，而成为性权力、性政治等公共空间领域的问题。在佳济山镇这个地方，每个人的私生活都被每个人以上帝的名义谈起，每个人都要开车逃离，每个人的生命都弥散在离家的途中。当这种现象发生在每个人的身上，个人、群体、民族乃至国家，都处于一种无可皈依的情感结构性的漂泊之中，过去那种对于家的乌托邦式的想象和情感结构便荡然无存。

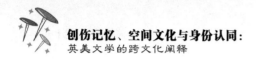

二、公共空间形变与个人感的丧失

20 世纪 50 年代，西方第二次工业革命已经完成，汽车、电视、电话等新的交通和传播技术涌现。在佳济山镇这个小城市，科技把个人生活空间与公共空间紧密相连，两者互相缠绕。科技最根本的功能是实现了对空间的控制，为资本主义牟利。空间在资本主义制度下不断被商品化的过程，就是资本主义卷入了一个长期大量投资于征服空间的阶段。这一过程不是简单的地理扩张，资本的空间生产逻辑渗透社会的每一个细节，在最细微的心理层面塑造着普通人的感受。

兔子最喜欢的地方是孩子们自己建的篮球场，这是小说中唯一一处尚未被商业覆盖的地方。作者大篇幅描写孩子们的天真和兔子打篮球的开心，这是"失乐园"的隐喻，暗示了这样的公共空间和生活方式一定会发生形变。小说中城市复杂的道路、咖啡馆和酒吧，无一处不花钱，无一处不显示出国家巨大的权力对城市的形塑和资本的效率、统一化标准。这也同时意味着城市人本维度的丧失，"个人主义"的价值观被标准化的商业社会改造成整齐划一的面目，个人的存在感和价值感很难找寻。

兔子第一次开车离家，沿着通向费城的 422 号公路朝南走，他讨厌费城，想去南方。费城是宾夕法尼亚州最发达的城市，是工业文明的代表。而他想去的有柑橘园、冒着热气的河流和赤脚女人的南方，在兔子心里是无污染的地方。他跟随着公路牌，时而停下来看地图，一路朝西北走到了马里兰州，车里的收音机放着新闻、洗发水和洁面乳的广告、人寿保险以及康妮·弗朗西斯的歌曲。这些都说明了 20 世纪 50 年代的美国歌舞升平，有全世界最优越的生活方式。厄普代克对于兔子开车途中几十块公路指示牌和汽车里收音机播放内容的细致描述，赋予了很深刻的空间文化内涵：兔子的空间感知全部来自地图和公路指示牌，他只需要听着全国统一播放的收音机，沿着指示牌流动即可。与其说这是一次逃离，不如说他本质上一刻也没有离开商业社会控制着的空间。路在文学作品中是浪漫的意象，在路上意味着未知、探索、发现和意外。而在《兔子，跑吧》这部小说中，路被商业资本和国家权力改变成了无法触摸、无法寄托个人情思的千篇一律的空间：远方和"这里"都一样。逃离的路上兔子并没有任何豁然开朗的人生感悟，回来的路上还跟作为妓女的情人鲁丝同居了两个多月。当个人的存在感只能通过遁藏在一个小居室的苟且来获得，说明这个国家表面的繁荣下隐藏着无数个小人物情感的苍白。

厄普代克描写的佳济山镇的所有公共空间领域、餐馆、咖啡馆、教堂等都展示出消费社会的文化景观。曾经公共空间蕴含的深刻的政治文化情感已经被资本逻辑取代而变得整齐划一却又庸俗不堪：餐厅和咖啡馆提供标准化菜单和服务便于管理和复制；教堂里牧师也有行为规范，他们完成规定动作即可，不对任何人的灵魂负责任；街上的霓虹灯闪烁着各种形状，然而都是一样的广告；兔子和鲁丝第一次在中餐厅吃完饭，没有任何感情铺垫，两人对上床一事还进行讨价还价。资本的逻辑渗透到空间的最微观层面，并不断兜售着商品的意识形态。兔子从开车离家上路开始，一切的空间活动都围绕消费进行。他月收入 77 美元，给车加油、喝咖啡、吃饭之后，还剩下 34 美元。兔子时刻盘算着兜里还有多少钱，精确到分。这说明他是个穷人，也说明当个人的参与程度和消费能力密切相关时，公共空间就不再具有民主和平等的性质，而成为受资本控制的剥削工具。公共空间划分新的等级关系，产生不平等的空间位置，这一过程持续不断地发展，把一切纳入其中，在最细微处规训着人的思维。兔子既不能把兴趣（打篮球）变成生意，又不能把生意（推销魔力削皮器）变成兴趣，说明了他是一个在商业社会很难找到存在感的人，因而只能

不停奔跑。

三、家庭的空间权力与道德感的幻灭

家庭居住空间首先划分了城市阶层的社会生活行为的空间界限。在同样生活空间生存的人，具有普遍认同的道德价值体系和社会文化生活的空间诉求。空间的分化导致文化上的互相歧视、感情上的难以沟通。佳济山镇的居住空间在市场规律的作用下不断分化，优势的居住空间和边缘化的居住空间形成了空间文化的隔绝和对立。兔子只不过是受雇于公司的小推销员，是中产阶级中较穷的阶层。兔子父母家也是穷人阶层，他们和别人家共住在一幢破砖楼里，四处弥漫着陈腐气味，寒碜狭小。两家厨房位置距离不足六英尺，邻居家吵架的声音如此清晰，这让少年时的兔子感到恐惧。詹妮丝第一次到兔子家里看到基本的厨房设施都没有感到很吃惊，而兔子的妈妈对詹妮丝吃惊的反应感到不满。兔子的岳父是做汽车生意的，有四家车行，住豪华住，家里房间太多，以至于陌生人很难一下找到厨房。兔子和詹妮丝是成长在两个不同空间中的人，有不同的空间情感记忆和认同，"上帝不会要一棵树成为瀑布，也不会要一朵花成为石头。上帝赋予我们各自的特长"①。在小说的开篇，电视机里米老鼠的话吸引了兔子和詹妮丝，然而他们都只理解了前一半。后来兔子跟牧师埃里克斯解释为何逃跑时，说"一棵树不是瀑布"。成长空间塑造的情感结构如此牢固，每个人内心都不能突破壁垒去理解不同空间的人。

20世纪50年代美国的时代标记是妇女独立运动的倒退：生育率居高不下、反对妇女工作、母亲的角色被大肆渲染。这不但与现代的价值观背道而驰，也与先前美国的潮流不合。1930年之前，美国妇女的政治和经济解放步伐就走在了欧洲妇女之前，

---

① 厄普代克：《兔子，跑吧》，刘国枝译，上海译文出版社，2017年，第9页。

并在第二次世界大战中得到进一步推进，500万妇女应政府号召进入军工厂劳动。这一妇女独立的趋势在第二次世界大战后出现了倒退，美国妇女在平均年龄20岁就进入婚姻。1959年末，美国人口增长率是欧洲的2倍，生二胎和三胎的人数亦成倍增长。① 陷入家务劳动的年轻女性与男性一样辛苦工作，却没有报酬，是顺从还是抵抗是必须回答的问题；身处父权制中享受男性优越的男人，在一种非此即彼的家庭空间的性别关系场中，也陷入重重矛盾，想要逃跑。

《兔子，跑吧》通过描述1959年美国家庭的日常饮食、烹调设备、能源供给、做饭清洗、消费购物等，向读者展现了一部永远做不完的美国家务工作史，呈现了性别化家务工作处境中家庭空间的权力化和不平等。家庭空间不仅是家庭关系的载体，也是家庭关系的主体本身。家庭的布局设计、日常劳动无不彰显家庭空间的权力，反过来空间的权力关系也塑造了家庭成员的情感结构。小说中兔子和詹妮丝结婚后，詹妮丝是厨房的唯一主人，孕期、产后和丧子之痛时都得在厨房给家人做饭。她的劳动一直被兔子认为是很蠢，也不被儿子纳尔逊认可，甚至被公开挑衅。兔子认为在厨房喝酒的詹妮丝蠢透了，没有任何性魅力。兔子怀念谈恋爱时的詹妮丝，她那时还在糖果柜当服务员。不同的人占据不同的空间，不同的空间建构不同的人，空间本身反过来又生产这种文化差异，影响人的神态、外貌和生活习性。一个带着孩子，每天在厨房劳作的女人，只能皱纹越来越深，头发越来越少。兔子理所当然地把厨房当作女性空间，同时又用性幻想中浪漫空间的标准衡量詹妮丝。詹妮丝用躲在厨房喝酒抽烟的方式麻痹自己，而这又成为刺激兔子逃离的触发点。厨房，是他们家庭矛盾

---

① 西尔维亚·安·休利特：《美国妇女的生活——解放神话与现实困境》，马莉、张昌耀译，中国社会科学出版社，2016年，第1~10页。

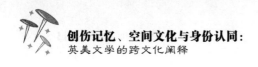

的核心场所，是两个人内心的创伤所在，是父权制刻在家庭空间中最深的痕迹。

四、小结

从广义上说，空间政治和资本的生产/再生产、意识形态、知识权力、城市规划有关。从微观层面来说，空间于普通人而言也从来不是中立的场所。空间被感知、被理解、被表征、被想象、被利用，反过来空间也塑造人的感知、理解、想象、情感乃至人类社会的关系，空间政治和人的情感结构永远都在互动发展。当我们把1959年26岁的兔子哈利的生存环境和生活状况放在广阔的历史空间中衡量，就能理解为什么兔子要不停地跑。汽车和公共交通的便利，让他有了跑的客观条件。社会公共空间被商业和资本逻辑控制，形成了既整齐划一又阶层分化严重的等级化结构。兔子所代表的低收入群体被这种空间的等级化排斥、剥削：一方面他们依赖这种物质条件，逃不开；另一方面他们抗拒这种资本逻辑，因为穷人的存在感在巨大的商业空间下难以找寻，因而想要逃。此外，父权制的家庭空间结构与现代社会的观念和经济发展状况极其不相容，家庭关系的失衡导致旧的家庭伦理和道德观破灭。普通年轻人在一片繁荣之下感到的是压抑、无聊和无所适从，这种普遍的情感结构为美国20世纪60年代的社会矛盾和年轻人多重抵抗运动的爆发埋下了种子。

第二章　身份寻求与认同困境——解构主义视角下詹姆斯·乔伊斯的《死者》

詹姆斯·乔伊斯（James Joyce，1882—1941）是 20 世纪最负盛名也最具争议的现代主义大师，他的中短篇小说集《都柏林人》（*Dubliners*）中的压轴篇《死者》（*The Dead*）以丰富的象征意义、细腻的人物内心刻画、如诗般的韵律，曾被誉为 20 世纪前期英国最杰出的中篇小说。小说自出版以来，学者从主题、意象、精神顿悟、女性主义、叙事策略、神话原型批评、文化批评、对比研究等多方位的角度对其进行过翔实充分的论述，也进一步肯定了《死者》在小说中的经典地位。小说描写了舞会中、舞会后男主人公先后三次与人交流遭遇的挫折及顿悟的故事，表现了"都柏林人浑浑噩噩，肉体虽存精神已亡。年年重复的新年舞会和琐碎无聊的话题真实地反映了英国殖民统治下的都柏林人的循规蹈矩和精神麻木"①。

20 世纪六七十年代兴起的解构主义思潮起源于尼采哲学的质疑理性的思想、海德格尔的现象学及欧洲的左派批评理论，解构主义"是一种针对形而上学的批判、一套消解语言及其意义确定性的策略"②。西方传统的形而上学思维方法为世界设立一个本源"终极能指"，从这个本源出发，形而上学思维方法建立在

---

① 王苹：《民族精神史的书写：乔伊斯与鲁迅短篇小说比较论》，安徽大学出版社，2010 年，第 163 页。

② 王泉、朱岩岩：《解构主义》，《外国文学》，2004 年第 3 期，第 67～72 页。

一系列二元对立的基础上，如语言/文字、真理/谬误、本质/现象、男性/女性、自然/文化等，而所有这些对立中的一方总是高于另一方，二者是本源与衍生的关系，如真理高于谬误、本质优于现象等，解构主义旨在解构西方形而上学传统所设定的一系列二元对立，对非正当的教条、权威与霸权进行消解。

《死者》中乔伊斯通过对主人公加布里埃尔作为男主人、爱国者和丈夫，在舞会中及舞会后相继与三个女人交流遭遇挫折的描写，揭示了他那自负任性的男性气质防线逐步崩溃过程中的焦虑和痛苦，强有力地打破了男女二元对立的先验预设。主人公加布里埃尔最后的顿悟在于他认识到了两性之间应该沟通，只有摒弃传统父权社会建构的以男性经验为基础的进取性和侵略性男性气质，超越男女性别的二元对立，才能摆脱焦虑，达到两性和谐相处。此外，小说中隐含着大量的沉默、空白和缺失，这些沉默背后的真相，即被编码的政治无意识，既是缺席的，又内在于文本之中。作者通过挖掘并阐释作品中的沉默、矛盾和缺失，揭示《死者》中不在场的在场，即爱尔兰人的殖民创伤，对民族未来命运的忧思，以及作者深沉的爱国意识。不在场是在场的最高形式，不在场即缺席，作为一种缺席必然不出现在文本之中，但缺席的内容潜藏于文学文本之下，警醒人们对历史重新进行理性思考，提醒人们从苦难记忆中解脱出来，续写民族独立的新篇章。乔伊斯最后在《死者》中不再关注人性深度及形而上的终极探索，而是注重个人与人性、个人与他人之间所表现出来的尖锐矛盾。乔伊斯通过英雄主角的去权威化、矛盾冲突的平淡化、终极意义的不确定性消解了以元话语为中心的宏大叙事，从而证明了"被侮辱、被伤害的'小人物'状态是每个人的生活常态，没有诗意的灰色人生是芸芸众生不可逃避的归宿"①。

第一节　男性气质焦虑、挫折与顿悟
——乔伊斯《死者》中对男女性别二元对立的解构

詹姆斯·乔伊斯是爱尔兰伟大的小说家，也是西方现代主义的杰出代表。《死者》出自《都柏林人》，是该小说集的压卷之作，被誉为西方文学中的经典名篇。孕育该小说的西方社会长期处在受男权支配的文化背景下，在社会等级制中，男性一直处于强势的优等地位，而女性则处于弱势地位。20世纪60年代盛行于西方的解构主义批评正是对这种非正当的男性权威、男女二元对立进行的解构，因而为乔伊斯的《死者》提供了全新的解读方式。

一、寻求男主人身份的挫折、焦虑

《死者》中第一次让男主人公加布里埃尔感到焦虑的是与看门人的女儿李莉的冲突。当晚迟到的加布里埃尔进门第一个与之交流的是李莉，在李莉帮加布里埃尔脱掉大衣后两人短暂的交谈中，加布里埃尔触痛了李莉的敏感心事："'我想最近某个好日子我们会去参加你和你那年轻人的婚礼了，对吧？'女孩回头瞥了他一眼，苦涩地说：'现在的男人全是骗子，千方百计占你的便宜。'"② 李莉可能被男人骗过，正如乔伊斯在小说《两个浪子》中描述的女人一样，所以被加布里埃尔问到男人这个敏感的问题时，李莉在心酸与愤怒的共同作用下冲动尖刻的回答不免让加布里埃尔感到尴尬。加布里埃尔"满脸通红，仿佛他觉得自己做了

---

① 杨晓林：《论新写实小说对现实主义宏大叙事的独特解构》，《宝鸡文理学院学报（社会科学版）》，2004年第24卷第5期，第44～48页。

② 冯季庆：《英国·爱尔兰经典中篇小说》，文化艺术出版社，2012年，第254页。

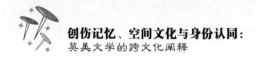

什么错事……遮住了他那一双敏锐而不安的眼睛"①。加布里埃尔从开始以友善、高兴的口气与李莉交谈,到后来他满脸通红觉得像是自己做错了事,为了缓和气氛他给了李莉圣诞节小费,但被拒绝,他男主人身份的认同遭遇失败,以致他到楼上客厅参加完舞会之后,"仍然因那女孩尖刻突然的反驳而有些失态。这使他情绪低落"②。

性别社会学认为,性别角色是社会环境的产物,"而不是男性和女性固有的个人特性。男性和女性应该是什么的'现实',是社会地构成的"③。而在以男性中心主义为典型特征的父权制社会文化中,男性气质代表着正面价值,而与之相反的女性气质则象征着负面价值,"男性以造物主的身份支配女性已经成为一种习惯,女性身体通常只是一种象征性的符号,承载着男性对女性的规划"④。生活在男权社会中的加布里埃尔早已习惯了支配女性、以自我为中心,在他心里女性是依附性的、被支配的,所以他说话很随意,以一副男主人的高姿态来打趣李莉的感情私事,李莉尖刻的反驳使他不知所措,内心的优越感与碰壁的失败感交锋,颠覆了他心中固有的女性消极被动的形象,寻求男主人身份所遭遇的挫折使他情绪低落,焦虑不安。

二、爱国者身份遭遇诋毁

在随后开始的四对舞(square dance)中,加布里埃尔与多

---

① 冯季庆:《英国·爱尔兰经典中篇小说》,文化艺术出版社,2012年,第254页。

② 冯季庆:《英国·爱尔兰经典中篇小说》,文化艺术出版社,2012年,第255页。

③ L. 达维逊、L. K. 果敦:《性别社会学》,程志民、刘丽、宋坚之译,重庆出版社,1989年,第4页。

④ 高慧颖、叶文彦:《浅析父权制文化对女性气质的建构》,《金陵科技学院学报(社会科学版)》,2009年第4期,第80~83页。

年的朋友、同样受过高等教育的爱佛丝小姐是舞伴。他们刚站好位置时，爱佛丝小姐早有准备地突然问他是否给《每日快报》撰稿："'你不觉得害羞吗？''我为什么觉得害羞呢？'……'好呀，我倒替你害羞呢，'爱佛丝小姐坦率地说，'你竟然会为那样一家报纸写稿。我以前没想到你竟是个西不列颠人。'"[①] 加布里埃尔又一次紧皱眉头、满脸通红，陷入窘困与焦虑。突如其来的尴尬让他不知如何面对，他是爱国的，作为一个现代知识分子，面对英国殖民统治下都柏林人的精神麻木和浑浑噩噩，在这一片精神荒原中难免有种疏离感与孤独感，他写书评与政治无关，只是想沉浸在文学中以逃离百无聊赖的现实。而这些心声在面对爱佛丝小姐讽刺性、攻击性的诘问时只能化作一片沉默、尴尬、窘困与失语。在随后爱佛丝小姐与他谈到旅行时，他的回答开始变得结结巴巴，表述迟钝，诸如"我刚刚安排好去——""每年我都和几位朋友去作一次骑自行车旅行，所以——"[②] 在以父权制为中心的意识形态下，"果断""强壮"等词常常被用来表现男子气概，而在这一来一往咄咄逼人的盘问下，他的回答软弱犹豫，拉长着尾音。加布里埃尔满脸窘困，忐忑不安，这与传统的父权制社会下男性果断刚强的形象背道而驰。

　　在加布里埃尔鼓足勇气说出他讨厌自己的国家这种违心话时，爱佛丝小姐仍不依不饶地纠缠下去，骂他"西不列颠人"，他为了躲避她逃到房间偏僻的一角与弗雷迪·马林斯的母亲交谈。爱尔兰人在他心中的幽默、仁慈、热情好客的印象，以及他对祖国的牵挂一刻也不曾远去，正是这份不能承受之重，才让加布里埃尔为逃离现实的沮丧和伤心而远游他乡。面对爱佛丝小姐

---

　　① 冯季庆:《英国·爱尔兰经典中篇小说》，文化艺术出版社，2012年，第261~262页。

　　② 冯季庆:《英国·爱尔兰经典中篇小说》，文化艺术出版社，2012年，第262页。

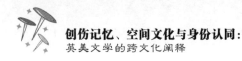
对自己爱国者身份的诋毁，加布里埃尔的窘困与焦躁不安颠覆了男权中心下的社会性别模式，"男性，及所有从'男性的'（masculine）派生出的词汇——男人，男子气概，阳刚气质（man，manly，manhood）——往往意味着整个世界和他的成就，是男性在推动世界，创造世界"①。在这里，推动事态向前发展的是爱佛丝小姐，传统男性形象的进取性和侵略性也体现在爱佛丝小姐身上；相反，被支配的、消极被动的、软弱的形象则是加布里埃尔，加布里埃尔的男子气概、阳刚气质及男性的主导地位受到威胁，使其在人际关系和权力关系中产生了前所未有的焦虑。

三、身为丈夫的失败、顿悟

晚会结束后，加布里埃尔看到妻子在楼梯上的阴影里聆听楼上的音乐，被妻子优雅而神秘的气质迷住，血液在他的血管里涌动，脑海里思潮激荡，"他为她属于他而幸福，为她的高雅和做妻子的举止而骄傲……"② 他怀着喜悦的心情来到旅馆，甚至激动得听得到自己心怦怦跳动的声音，正当他兴奋得浑身颤抖、满怀自信地要与妻子缠绵一番时，他的妻子却因一首歌想到昔日为她死去的青年而流泪，难过神伤。就在加布里埃尔甜蜜地回忆两人昔日的快乐时光，心中满溢着幸福时，他的妻子却在想着另一个男人，这让他深感作为丈夫的失败。他们是如此亲近，却又异常遥远，他对那与他作对的永远也对抗不过的死亡力量而感到恐惧，为自己这个丈夫所扮演的可怜角色而痛苦，对刚刚那种自以为是而感到羞辱。

---

① 薛春霞：《解构性别——女性乌托邦对社会性别的解读》，《外国语言文学》，2007年第24卷第3期，第203～207页。
② 冯季庆：《英国·爱尔兰经典中篇小说》，文化艺术出版社，2012年，第281页。

　　"女性，在父权社会是亚当的肋骨，是旁支侧条，是身体外多出的翅膀，是性（sex），是男性身体需要的存在。"① 在男权社会长大的加布里埃尔习惯于按照自己的主观意愿去营造、规划心中妻子的形象。加布里埃尔看到妻子出神地听着旧情人曾给她唱的歌，靠着自己的主观臆想追加给妻子优雅、高贵、神秘的形象，使他沉浸在以自我为中心的幸福幻象里，激动得忘乎所以。正当他在狂热的欲望驱使下要与妻子做爱时，却被疲乏的妻子拒之千里，这是多么奇怪的讽刺。在这里，女性已不是只有性，也不只是男性身体需要的存在，而是有意识、有感情的主体，她拒绝男人的粗暴征服而沉浸在自己的心灵世界，相反男性变成了象征着传统女性的软弱而依赖的角色，充满着无力感与挫败感。

　　父权制社会的传统观念使加布里埃尔笃信男性的力量和权威，在婚姻生活中以自我为中心，在家中施展自己的权威，强迫孩子喝麦片粥、练哑铃、戴眼罩，让妻子穿欧洲大陆人人都穿的套鞋，早已习惯享受自己的支配权力。甚至在晚会中，妻子提到想去高尔韦岛旅行时，加布里埃尔冷冷地说道："你想去你可以去嘛。"② 此处他对妻子的冷落与控制可见一斑。"男性气质具有表演性，需要得到自我身份认同和他人的确证。"③ 在当晚加布里埃尔坐在桌首大模大样地为大家切鹅继而大肆演讲后，男性气质的表演性得到了大家的充分认同，自信心大增的他仍自以为是地规划着即将对妻子的征服，然而结果事与愿违。在得知妻子曾有一段那么浪漫美好的感情，一个深爱妻子的青年曾为她死去

---

　　① 薛春霞：《解构性别——女性乌托邦对社会性别的解读》，《外国语言文学》，2007 年第 24 卷第 3 期，第 203~207 页。

　　② 冯季庆：《英国·爱尔兰经典中篇小说》，文化艺术出版社，2012 年，第 264 页。

　　③ 黄邦福：《男性气质理论与经典重释》，《求索》，2011 年第 9 期，第 215~217 页。

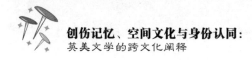

后,加布里埃尔深感作为丈夫的失败。多年来沉闷枯燥的婚姻生活,自己对妻子招之即来挥之即去的态度,使他觉得自己在死者的面前显得那么滑稽而微不足道。

舞会上,加布里埃尔在与李莉、爱佛丝小姐的交流中先后遭遇挫折,陷入恐慌与焦虑。经历了心情的几度沉浮,在与妻子的沟通中再次受到羞辱后,他深感作为丈夫的失败。那一夜,他小心地钻进被子躺在妻子身边,"大量的泪水充溢着加布里埃尔的眼睛"①。越来越多的泪水积聚在眼中,这一次他彻底顿悟了。这一晚三次与之交锋、发生冲突的都是女性,颠覆了加布里埃尔心中固有的女性消极被动的形象,他的男性气质受到威胁,对人际关系产生了前所未有的焦虑。主人公加布里埃尔最后的顿悟在于他认识到了两性之间应该互相尊重,摒弃父权制社会所赋予的权威性和霸权性的男性气质,不再以自我为中心支配掌控女性,才能达到两性的和谐相处,摆脱失败的焦虑。

四、小结

在以男性为中心的父权制社会背景下,男性处于等级制中的优等地位,而女性则处于卑贱地位,男性气质代表着刚强、果断的正面价值,而女性气质则代表着软弱、依赖的负面价值,男性象征着权威而支配女性。作为形而上学表现形式之一的男性中心主义,解构主义对这种非正当的男性权威、男女二元对立进行质疑和消解。这种质疑和消解并不是单一地否定男性气质,破坏男性的主体地位,而是通过对二元对立的解构,反对一切形式的中心。

《死者》中乔伊斯通过对主人公加布里埃尔在舞会中及舞会

---

① 冯季庆:《英国·爱尔兰经典中篇小说》,文化艺术出版社,2012年,第287页。

后相继与三个女人交流遭遇挫折的描写，颠覆了加布里埃尔心中固有的女性消极被动的形象，加布里埃尔的男子气概、阳刚气质及男性的主导地位受到威胁，揭示了他那自负任性的男性气质防线逐步崩溃过程中的焦虑和痛苦，强有力地打破了男女二元对立的先验预设，证明了父权文化所设定的男女特质的二元对立模式并不是颠扑不破的真理。乔伊斯要解构的是男性中心论，是父权制社会霸权性男性气质，而不是男性气质本身，主人公加布里埃尔最后的顿悟在于他认识到了两性之间应该沟通，尊重对方，不再以一方为中心支配另一方，只有摒弃传统父权社会建构的以男性经验为基础的进取性、侵略性男性气质，超越男女性别的二元对立，才能摆脱焦虑，达到两性和谐相处。

第二节　沉默、空白和缺失——《死者》的症候阅读

法国哲学家路易·阿尔都塞在借鉴黑格尔的否定性逻辑学、弗洛伊德和拉康关于精神病心理学的研究基础上，在对《资本论》的反复阅读中发现马克思对剩余价值这一概念的提出，从而总结出其著名的"症候阅读"理论。症候阅读是指在文本中总是隐藏着某些"空白和缺失，表现为沉默、脱节和疏漏"①，而这些空白和缺失就像精神病人表现出的症候，需要读者像心理医生进行临床治疗一样，从文本的这些空白处找出背后隐秘的驱动机制，以发现文本下隐秘的、被掩盖的主题。阿尔都塞的学生马舍雷在症候阅读的基础上，从"沉默"这一概念出发提出了文学生产理论。马舍雷指出，文学文本的那些沉默下面，隐含着事实的真相，它既是缺席的，又内在于文本之中，而乔伊斯的《死者》

----

① 姚文放：《"症候解读"的理论谱系与文学归趋》，《文艺理论研究》，2017年第37卷第2期，第118~128页。

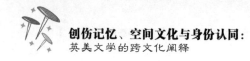

既以其开放性、含混性的结局吸引了无数批评家和读者，又在文本中编织了大量若明若暗的沉默。在对小说《死者》的众多研究中，鲜有学者留意到该作品这一显性文本下隐藏的隐性文本，以及在文本中无意的沉默、空白处被编码的政治无意识。本节在对文本中沉默的寻绎和阐释中，彰明作品创作背后的动机和意识形态机制，揭晓《死者》这一文本所包蕴的"无"中之"有"。

一、沉默的言说：殖民创伤

《死者》主要讲述了男主人公加布里埃尔在姨妈家举办的新年晚会上及晚会后发生的故事，通过描写其遭遇的三次挫折与顿悟，精准地刻画了加布里埃尔细腻、敏感的内心变化。除主人公外，小说着墨最多的是醉汉弗雷迪·马林斯。晚会开始前，凯特姨妈和朱丽娅姨妈"非常担心弗雷迪·马林斯会喝得醉醺醺的才来……而每当他喝醉时，有时候还真拿他没办法"[①]。而这一次，马林斯以笑声出场，呈现的是一个活泼、擅长活跃气氛、孝顺的人物形象，他头脑清醒、逻辑清晰。当人们提到修士们夜间睡在棺材里时，布朗先生感到十分惊讶，马林斯还很认真地向他解释，"修士们是在努力为外界所有罪人们犯的罪赎罪"[②]。马林斯更在晚会掀起一次又一次高潮时像个指挥官，高高地挥舞着叉子。正是这个清醒的马林斯，在交谈中引起了大家第一次的集体沉默。

餐桌上大家谈论到正在皇家剧院演出的歌剧团，达尔西先生高度赞扬剧团里的首席女高音，而马林斯却认为一位黑人酋长的演唱相当高超，"在舞剧《欢乐》的第二部分里，有个黑人酋长演

① 乔伊斯：《都柏林人》，王逢振译，上海译文出版社，2010年，第203~204页。

② 乔伊斯：《都柏林人》，王逢振译，上海译文出版社，2010年，第234页。

唱，那是他听到过的最佳男高音之一"，他连连赞赏道："我觉得他的嗓音太伟大了。"他很想听听在座各位对这位黑人演唱者的评价，而专业的达尔西先生心不在焉地说没听到他唱，布朗先生也以略带戏谑的口吻调侃，于是马林斯尖刻地问道："为什么他不能也有个好嗓子？难道只因为他是个黑人？"全场鸦雀无声，"无人回答这一问题，玛丽·简又把桌子上的议论引回到正统的歌剧"。①

马舍雷认为，作家在意识形态的制约下，其创作的作品也必然会留下某些空缺或保持某种沉默；作品是一个显性文本，意识形态就是检察官，而沉默下面压抑的是想说又无法道破的历史现实。由于意识形态在这里起作用，抑制住想说的欲望，文本中历史现实的表达往往是无意识的，或者是"沉默"的，而这种沉默正是需要批评家阐释的领域。小说中，面对马林斯的不断追问，人们所表现出的沉默意味深长。马林斯强调，难道因为黑人在历史上一直是被歧视、被压迫的命运，他们就不能有副好嗓子？难道因为我们的种族偏见，就要否认他们当中部分人的成就和天赋？可见马林斯是种族平等主义者，然而他却没有意识到人们回避这一问题不是出于歧视，恰恰是因为自己的民族爱尔兰也曾有着同样屈辱的历史，有着同样被殖民、被压迫、被取笑的命运。他们不敢面对殖民地里爱尔兰人的痛苦记忆，所有可能的言说在这里也就被抑制为沉默。

爱尔兰自 12 世纪起被英国开始入侵，历经八个世纪反抗殖民统治的民族独立斗争，使得爱尔兰在 1922 年终于宣布独立。但英殖民者灭绝人性的殖民政策，一次次惨遭血腥镇压的民族起义，在爱尔兰人民心中留下了挥之不去的苦难记忆。

"在整个欧洲，要数他们的命运最苦了"；"古斯达夫·德·波蒙……在文章中说，他虽然见过森林中的印第安人，也曾见过

---

① 乔伊斯：《都柏林人》，王逢振译，上海译文出版社，2010 年，第 231 页。

带着锁链的黑人，但是'真正的人间地狱'却是在爱尔兰见到的。"① 在英帝国充满暴力的殖民统治下，爱尔兰人无数次为自由、家园和信仰而进行的斗争都惨遭压迫，被侵略者掠夺杀戮的屈辱在世世代代的爱尔兰人心中早已内化为沉痛的创伤。小说中即使在这样的新年晚会上，主人公加布里埃尔的发言还会提及"总是有些悲伤的想法袭上我们的心头……我们人生的旅程布满了这样一些悲伤的回忆"②，对爱尔兰人民来说，自己的生活总是被这苦难深重的记忆笼罩。

长达八个世纪的殖民掠夺，各种不平等条约的签订，加上天灾人祸，爱尔兰成为大英帝国取得世界霸权的最大受害者。正是这一巨大的民族创伤，使晚会上的人们对黑人的话题避而不谈，因为一旦提及，必然会唤起曾遭遇同样命运的爱尔兰人苦难深重的记忆。一方面，同为爱尔兰人的乔伊斯从未忘却被侵略的悲惨历史；另一方面，这一沉痛的民族创伤又使他的言语无能为力，他的无力面对既表现于生活中在欧陆的自我放逐，也无意识地存在于创作中的沉默断裂处。

詹姆逊在其论著中论述到政治无意识时写道："在把这个基本历史的被压抑和被淹没的现实重现于文本表面的过程中，一种政治无意识的学说才找到了它的功能和必然性。"③ 一种政治无意识起作用的地方，恰是需要我们解码的沉默的症候。我们发现，爱尔兰人被殖民、被压迫的苦难记忆，使晚会上的人们、小说创作者乔伊斯本人在面对评判黑人歌唱家成就优劣这一敏感的种族问题上共同出现了失语，使文本在此处形成沉默，造成断裂。在检验文本中的沉默、缺失这些症候的基础上，文本背后隐

---

① 赫云：《乔伊斯流亡美学研究》，南京大学出版社，2014年，第21页。
② 乔伊斯：《都柏林人》，王逢振译，上海译文出版社，2010年，第238页。
③ 詹姆逊：《政治无意识：作为社会象征行为的叙事》，王逢振、陈永国译，中国社会科学出版社，1999年，第11页。

藏的爱尔兰人民苦难深重的历史现实渐渐浮出水面，而沉默背后的真相，即政治无意识起作用的根源，实则是深植于每一个爱尔兰人心中的沉痛的殖民创伤。

二、逃避后的面对：民族命运忧思

英帝国主义当局在爱尔兰的腐败统治，加之人们世代背负的民族创伤，击垮了人们对生活、对世界本该持有的积极向上的乐观态度。在国家首都都柏林这座瘫痪的城市中心，在莫肯小姐家一年一度的新年晚会上，生者被笼罩在死者的阴影中，过去的悲伤回忆萦绕在每个人的心头。长期的殖民统治束缚了人们个性的发展：一方面，人们的萎靡不振、蒙昧无知散见于生活中的每一处；另一方面，当时爱尔兰文艺复兴运动也在各个领域如火如荼地进行，爱佛斯小姐就是激进的民族主义者代表。晚会中爱佛斯小姐一次次咄咄逼人地责难加布里埃尔为西不列颠人，使小说的发展达到第一个高潮。加布里埃尔尴尬窘困之余，思考到"在她宣传的那一套主张背后，她是否真正有任何自己的生活"①？麻痹的灵魂固然阻碍民族振兴，而狭隘的民族主义又能否真正斩断爱尔兰人民沉重的历史锁链？

小说中，布朗先生追溯到过去常来都柏林的老牌意大利歌剧团，"提耶让斯、伊玛·德·穆兹卡、坎帕尼尼、伟大的特雷贝里·久格里尼、拉维利、阿格布洛。他说，那才是在都柏林有像样的歌剧可听的日子"②。这些已经逝去的伟大人物，让人们在缅怀过去美好时光的同时，也哀叹一个时代精神的消逝，如今都柏林的满目疮痍让人不免唏嘘。当提到麦勒雷山上的修士生活

---

① 乔伊斯：《都柏林人》，王逢振译，上海译文出版社，2010年，第223页。
② 乔伊斯：《都柏林人》，王逢振译，上海译文出版社，2010年，第231~232页。

时，布朗先生"听说修士们从不讲话，早上两点起床，夜里睡在棺材里，感到无限惊讶"，他不停地问他们为什么这么做，"舒适的弹簧床和棺材对他们不都是睡觉吗"？最后玛丽·简回答他说，棺材"是提醒他们自己最后的归宿"。因为这个话题使在场气氛变得阴郁起来，"桌上的人们沉默不语"。①

在马舍雷看来，我们不该看一部作品说出了什么，而是看它没有说出什么，在一部作品的沉默和空白缺失处，正是意识形态显现的地方。人们的沉默背后，是对死亡的本能恐惧，也是对昔日伟大歌唱家的死亡所象征的一个伟大时代逝去的逃避。伊格尔顿认为意识形态是复杂的，甚至可能饱含着互相冲突的世界观，人们难以负荷沉重的民族创伤而躲避在对昔日"伟大传统"的追思中，却也因为这一传统的封闭愚昧而心生厌恶。这一复杂矛盾的意识形态使人们在谈到死亡时终因害怕文化传统的消逝而一同陷入沉默，这沉默背后掩盖的，是对民族命运和未来的忧思。晚会上人们的沉默，也是作者的政治无意识起作用而留下空白的地方。隐约地对文化传统断裂、民族命运终结的恐惧使作者在叙述到那些从我们记忆中消失的昔日大歌唱家之后，无意识地不敢面对棺材所象征的死亡，这象征着群体命运的死亡。

"作品在意识形态方面受到约束时，在内容或形式方面会出现大量的沉默、缺失、断裂甚至矛盾，这些意味深远的间隙才是能确凿地感受到作者意识形态存在的地方。"② 作者在思索民族出路的意识形态方面受到约束，当前爱尔兰人们的两大选择：麻木消沉沉湎过去，抑或是民族复兴运动影响下的狭隘的民族认同，都不能成为引领民族走向独立自由的出路。苦于难觅道路的

---

① 乔伊斯：《都柏林人》，王逢振译，上海译文出版社，2010 年，第 234～235 页。

② 贾洁：《论特里·伊格尔顿的爱尔兰文化研究——去殖民化民族主义对"形式的政治"的寻求》，《马克思主义美学研究》，2009 年第 1 期，第 176～190 页。

爱尔兰人们在面临死亡这一沉重话题时，想到象征着一个时代的伟大歌唱家们的消逝，隐隐害怕一种时代精神的断裂、民族命运的灭亡，对民族历史也将走上绝路感到恐惧且沉默不语。我们对小说的认识必须要思考这种不在场，这沉默背后，正是作者面对巨大的历史压力和裂痕而产生的关于民族命运的忧思。

三、不在场的在场：作者的爱国意识

乔伊斯生于 1882 年，1904 年离开都柏林从此常年漂泊在外。"教会的统治、殖民者的奴役，外加上爱尔兰文艺复兴运动心胸狭隘和目光短浅的文化氛围，致使乔伊斯对整个国家感到了绝望，他只好选择流亡来逃避这一可怕的爱尔兰社会现状。"[①] 殖民统治留下的精神创伤使都柏林上上下下充溢着空虚和堕落，迫使乔伊斯为了寻求心灵解放和艺术家的自由走上流亡的道路，然而常年客居他乡的乔伊斯也不免忍受外人对他落后殖民地祖国的嘲笑。他在给弟弟斯坦尼斯勒斯的一封信中写道："说实在的，当我在的里雅斯特有一两次听到一位加拉茨姑娘嘲笑我的贫穷的国家时，我深感耻辱。"[②] 在《死者》中，作者也借加布里埃尔之口表达了对国家的厌倦，在加布里埃尔与爱佛斯小姐发生冲突时，加布里埃尔最后反驳道："爱尔兰语并不是我的语言……哦，说实话，……我讨厌我自己的国家，讨厌它！"[③]

在流亡生涯中，乔伊斯在艺术与美学的领域不断进行试验和完善。为抚平英国殖民者的暴虐统治在爱尔兰人心中留下的创伤，忘却国家的灾难与不幸的记忆，乔伊斯试图在纯艺术的领域获得自由，实现完整和统一，而在这"想象性的解决办法"之

---

① 赫云：《乔伊斯流亡美学研究》，南京大学出版社，2014 年，第 41 页。
② 李维屏：《乔伊斯的美学思想和小说艺术》，上海外语教育出版社，2000 年，第 21 页。
③ 乔伊斯：《都柏林人》，王逢振译，上海译文出版社，2010 年，第 220 页。

下，仍然可见他深切的民族情怀。乔伊斯对国家感到耻辱和痛恨的背后，实则是对殖民者的残酷与暴力统治的憎恨，对爱尔兰人自我麻痹、精神瘫痪的无能为力。他并不是真的憎恶自己的祖国，相反，这是一种深刻的哀其不幸怒其不争的无奈。"他对爱尔兰有着强烈的眷恋之情，一生所写作品，没有一部不是以都柏林为背景的。"① 即便是远在异国他乡，爱尔兰的一切在乔伊斯的心中也从未被抹去，这在其作品中对都柏林的每条街道每个拐角的精确描写中早已得到证明。

缺席是在场的最高形式，作者虽然长期漂泊在外，却用一部部描写都柏林的作品表达了最高形式的民族认同，以一种不在场的在场，重新思考历史，寻求一条民族解放之路。乔伊斯敏感地捕捉到了根植于爱尔兰人灵魂深处的殖民创伤、民族精神的麻痹及身份认同的焦虑，对爱尔兰人的悲苦命运给予了深切同情。与此同时，他也痛恨人们逃避现实、消极颓废的生活态度。逃避只会让自己的民族更加边缘化而走上绝路，激进的民族主义者所信仰的爱尔兰伟大传统在历经几个世纪的殖民统治后也日渐衰微。他认为，"爱尔兰文艺复兴运动复兴的是虚无缥缈的神话和传说，而不是勇敢地面对现实，从实际出发，为爱尔兰找到一条真正的复兴之路"②。

每一个作家都生活在特定的历史文化背景下，必然承载了历史的复杂性与矛盾性。乔伊斯所处的时代，腐败的殖民统治、令人窒息的宗教氛围及弥漫在人们中间的颓废萎靡的精神状态，迫使他为了寻求灵魂新生而不得不逃离。对祖国爱尔兰来说，乔伊斯是缺席的，而其深沉的爱国意识——这一缺席的在场——一直

---

① 邱枫、张伯香：《向死而生——评〈死者〉中雪的象征意义》，《四川外语学院学报》，2002 年第 18 卷第 2 期，第 34～36 页。

② 赫云：《乔伊斯流亡美学研究》，南京大学出版社，2014 年，第 37 页。

内在地隐含在其创作的每一部以都柏林为核心的文学文本这一显性话语之下。作者意欲唤醒同胞麻木的心灵，让他们明白敢于直面创伤，才能最终医治创伤；只有积极参与生活，才能续写民族独立的历史新篇章。正如在《死者》中，在晚会的高潮上加布里埃尔演讲所呼吁的："如果我们总是忧郁地陷入这些回忆，我们就没有心思勇敢地继续我们生活中的工作。我们大家都有生活的责任，也有生活的情感，它们要求我们——合情合理地要求我们——奋发努力。"①

四、小结

乔伊斯的《死者》既暴露了他个人意识形态的矛盾，也暴露了殖民地里爱尔兰人普遍的意识形态矛盾。"文学作品中的无意识往往表现为空白、缺失、疏漏等'症候'，且这种种症候最终都通向意识形态"②，任何文学文本都是不完整的，这种不完整来自互相矛盾的意识形态相互作用的驱动机制，它既赋予作品形式，也给作品留下空白，我们只有考虑到这些空白和缺失，这些散见于作品中的有意无意的沉默，才能发现作品显性话语之下的隐性话语，真正了解作品的创作内涵。而《死者》中的沉默、隐匿与缺失，也拓展了我们理解这部作品的维度。

所谓"症候阅读"，不是从文本表面阐释作品，而是通过分析文本的"症候"，即作品中的沉默、空白和疏漏等，再现作品中不在场的意识形态。这些沉默下面隐含的真相，既是缺席的，又内在于文本之中。我们在挖掘并阐释《死者》中的沉默、矛盾及缺失的过程中，可以发现作品创作背后的意识形态机制，揭晓

---

① 乔伊斯：《都柏林人》，王逢振译，上海译文出版社，2010年，第238页。
② 姚文放：《将"症候解读"引入文学批评——马舍雷的文学生产理论》，《中国人民大学学报》，2016年第1期，第112~118页。

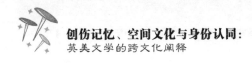

《死者》这一作品内部不在场的在场。不在场作为一种必然的不出现，存在于文本这一在场之中。《死者》中并没有任何关于殖民历史、争取民族独立的描写，但通过"症候阅读"，我们能够在文本叙述的裂缝中挖掘出爱尔兰人的殖民创伤、对民族未来命运的忧思，以及作者强烈的、深沉的爱国情怀。

爱尔兰人被压迫被奴役的苦难历史，使晚会上的人们在面对评判黑人歌唱家成就优劣这一敏感的种族问题上陷入沉默，而隐藏在这沉默背后的政治无意识起作用的根源，实则是深植于每一个爱尔兰人心中的沉痛的殖民创伤。身负沉痛的种族创伤、苦于难觅道路的爱尔兰人对时代精神的断裂、民族命运的灭亡感到害怕。同时，对民族历史也将走上绝路的恐惧使人们第二次陷入沉默不语，这沉默背后，是作者面对巨大的历史压力和裂痕而产生的关于民族命运的忧思。作者虽长期客居他乡，却用每一部描写都柏林的作品表达了最高形式的民族认同。对祖国爱尔兰来说，乔伊斯是缺席的，而其深沉的爱国意识，这一缺席的在场，一直内在地隐含在其创作的每一部以都柏林为核心的作品中，作者以一种不在场的在场，重新思考历史，寻求一条民族解放之路。沉默是最好的言说，它可以警醒人们对历史进行理性思考，从令人窒息的苦难记忆中解脱出来，与创伤对话，重新审视自己，真正实现民族独立和伟大复兴。民强则国强，以一种衰败颓废的姿态紧抱过去只会让自己更加自绝于时代，这也是作者最深切的民族忧思和政治挂怀。

第三节　元话语的平庸化
——乔伊斯在《死者》中对宏大叙事的解构

20世纪六七十年代兴起了解构主义思潮，其代表人物德里达认为解构主义是对人们习以为常的教条、权威与霸权的反抗。

著名后现代主义理论家利奥塔曾指出，在西方形而上的传统中，真理、正义、本质等制造一系列使自身地位合法化的话语，即元话语，也就是启蒙叙事。在这一叙事中，知识英雄为追求一种至高的伦理道德目标而奋斗，在辩证法、理性主义、寻求意义等西方启蒙思想的指导下，寻求财富和个体的解放。这种启蒙叙事，即宏大叙事，正是解构主义旨在解构的非正当的权威与教条。在《死者》中，乔伊斯不再关注知识英雄如何推动历史发展、人性深度及形而上的终极探索，而着重描写一些琐碎小事，突出人物的思想和行为的卑琐性，削弱了元话语的中心地位，这是对文学创作宏大叙事的一次解构。

一、英雄主角的去权威化

宏大叙事主要是指启蒙运动以来西方社会基于理性主义所建构的一种关于世界和人类文明发展的"大叙述"。启蒙运动推翻了封建迷信统治下的一切虚伪与教条，转而将理性置于人类智力与文明的最高点。在这种理性主义神话的大叙述中，宏大叙事总是包含着伟大的英雄人物主角、波澜壮阔的画面、跌宕起伏的情节和远大宏伟的目标。在《死者》中，男主人公加布里埃尔的迟钝、焦虑及靠别人认可的依赖性，正与传统中伟岸的英雄主角背道而驰。

小说中加布里埃尔来参加凯特姨妈和朱丽娅姨妈的舞会，进门后第一个与之打交道的是看门人的女儿李莉。在和李莉的攀谈中，加布里埃尔无意中谈到了她的婚礼。之前可能被人伤害过的李莉反应冲动而激愤，苦涩地说："现在的男人全是骗子，千方百计占你的便宜。"① 加布里埃尔没意识到自己戳中了李莉的痛

---

① 冯季庆：《英国·爱尔兰经典中篇小说》，文化艺术出版社，2012 年，第 254 页。

处，反而因李莉突然尖刻的反驳情绪低落，"加布里埃尔满脸通红，仿佛他觉得自己做了什么错事，于是他不再看她，蹬掉脚上的套鞋，灵巧地用围巾轻轻地掸了掸他的漆皮鞋"①。后来加布里埃尔为了缓和紧张的气氛而给李莉的小费又再次被拒绝，他小跑着奔向楼梯而不敢直视李莉，最后李莉勉强收下。在接下来的四对舞中，爱佛丝小姐针对加布里埃尔为《每日快报》写文学专栏一次次地盘问，让加布里埃尔"脸上露出一种窘困的表情"②，再加上最后加布里埃尔认识到自己作为丈夫的失败时，他更是痛哭流泪。在这里，加布里埃尔没有以传统的知识英雄身份出现，表现出的是敏锐、不安、尴尬、焦虑。

在宏大叙事描绘的场景中，知识英雄辉煌地亮相，"向人们指明追求主体解放、思想、正义及各种价值的方向，并引导人们展开对物质财富和精神意义的双重创造，不断地实现一个又一个宏伟目标"③。在《死者》中，加布里埃尔非但没有象征着权威指引着价值方向，反而处处碰壁受挫，忐忑不安，在一次次窘困尴尬中蒙羞，彻底颠覆了传统宏大叙事中宏伟高大的权威性英雄人物。

二、矛盾冲突的平淡化

宏大叙事在逻辑上"追求作品的现实批判性、历史性与人性深度，注重普遍价值观与文化精神的内在统一"④，展现着"激

---

① 冯季庆：《英国·爱尔兰经典中篇小说》，文化艺术出版社，2012 年，第 254 页。

② 冯季庆：《英国·爱尔兰经典中篇小说》，文化艺术出版社，2012 年，第 262 页。

③ 杨晓林：《论新写实小说对现实主义宏大叙事的独特解构》，《宝鸡文理学院学报（社会科学版）》，2004 年第 24 卷第 5 期，第 44～48 页。

④ 马德生：《关于文学宏大叙事的几点思考》，《河北大学学报（哲学社会科学版）》，2011 年第 4 期，第 96～100 页。

烈的矛盾冲突……叙述者以一种历史的眼光来处理宏大的社会题材，对历史试图提供一种全知的权威解释"①。在《死者》中，乔伊斯将故事中的矛盾冲突做平淡化处理，没有强烈的社会批判性，而着重突出个人的精神创伤和悲观情绪。

　　开篇加布里埃尔与李莉的冲突以加布里埃尔匆忙之中塞给李莉圣诞节小费而宣告结束，虽然舞会开始后他仍因李莉的激烈反驳而不安，但为了驱散这种情绪，他整了整袖口和领结，随即投入舞会中，筹划着自己的演讲。接下来发生了与爱佛丝小姐的冲突，在爱佛丝小姐关于去西部旅行而引出的咄咄逼人的盘问下，加布里埃尔仍然继续眨着眼睛想露出笑容，"不安地看看左右，虽然他尽量在这窘困的情况下保持自己的风趣，但他的前额也已泛起了红晕"②。加布里埃尔显然已经外强中干，但还是尽力维持自己的风度。此时他茫茫然心不在焉，担心接下来自己一年一度的重要演讲，"想到她坐在晚餐桌上，在他演讲时用挑剔讥讽的目光望着他，真使他忐忑不安"③。虽然后来爱佛丝小姐在愤愤中提前离开了舞会，不过纵观这场矛盾冲突，可以看出作者对从传统宏大叙事中展示的激烈性转向了平淡化处理。故事已不再按照外在的发生、发展、高潮、结局的线性叙述模式发展，而转向了人物内心的矛盾冲突。激烈的矛盾斗争已不在，突出的是人物的窘困，一种面对挫折时心中的挫败感与不安。而这种忐忑很快又被接下来发生的事情冲走、抚平，这正是生活本来的样子。在这里乔伊斯解构的是宏大叙事中激烈的矛盾冲突，并不是矛盾

---

　　①　杨晓林：《论新写实小说对现实主义宏大叙事的独特解构》，《宝鸡文理学院学报（社会科学版）》，2004 年第 24 卷第 5 期，第 44~48 页。
　　②　冯季庆：《英国·爱尔兰经典中篇小说》，文化艺术出版社，2012 年，第 263 页。
　　③　冯季庆：《英国·爱尔兰经典中篇小说》，文化艺术出版社，2012 年，第 265 页。

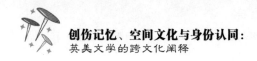

冲突本身，他不再追求代表普遍价值观的权威批判性，转而对故事中的冲突做平淡化处理，淡化了传统宏大叙事中激烈的矛盾纠葛，表现了人物内心的麻痹瘫痪状态。

三、终极意义的不确定性

宏大叙事在形式上"场面开阔，事件典型，能再现时代的风云变化，反映历史的前进方向和事物的本质规律。即使框架结构上不是宏大叙事形式的现实主义短小之作，亦追求以小见大，进行'形而上'式的关于人生意义、信仰、理想和终极目的性的思考，体现着宏大叙事精神"①。进入现代社会后，随着人生信仰的逐步丧失，人们对人生在世意义的怀疑，启蒙思想所宣称的对本真与自由的追求也逐渐消解，人们对传统宏大叙事的无所不能、大而无当感到厌倦。在《死者》中，乔伊斯不但没有树立权威性的英雄主角，还冷静超然地刻画人物的矛盾冲突，作品的终极意义更是模棱两可，其不确定性与开放性给读者以很大的发挥空间去想象、构建。

文章结尾处，随着加布里埃尔慷慨激昂的演讲结束，自信心膨胀的他内心激起了对妻子的占有欲。黑暗中，妻子在楼梯上聆听音乐的背影使加布里埃尔浮想联翩，他"试图捕捉那声音唱的曲调，并仰头注视着他的妻子。她的神态显得优雅而神秘，仿佛她是某种东西的一个象征"②。正当加布里埃尔回忆着过去的幸福时光，满载着甜蜜幻想迫不及待与妻子做爱时，妻子伤心难过的表情又一次使加布里埃尔不知所措。原来正当加布里埃尔欣赏着妻子安静优雅的背景时，妻子正在聆听着昔日情人为之而唱的

---

① 杨晓林：《论新写实小说对现实主义宏大叙事的独特解构》，《宝鸡文理学院学报（社会科学版）》，2004 年第 24 卷第 5 期，第 44～48 页。

② 冯季庆：《英国·爱尔兰经典中篇小说》，文化艺术出版社，2012 年，第 277页。

歌曲，加布里埃尔再次感到受到了羞辱。"就在他全心回忆他们在一起的私生活，心里充满柔情、欢乐和欲望时，她却一直在心里把他和另一个人比较。一种对自我人格的羞辱意识袭上了他的心头。"① 在得知那个年轻人曾经为妻子而死后，加布里埃尔深感作为一个丈夫的失败和滑稽，他为妻子曾有过那样一段浪漫往事而心痛，为自己这些年所扮演的可怜角色而伤心，更为自己之前的骚动而不解、自嘲。朦胧中他感到一种死亡的力量在与之对抗，"他的灵魂已经接近了那个居住着大量死者的领域。他意识到他们扑朔迷离、忽隐忽现的存在，却不能理解。他自己本身也在逐渐消失到一个灰色的无形世界：这个实在的世界本身，这些死者曾一度在这里养育生息的世界，正在渐渐消解和缩小"②。

　　小说以加布里埃尔在慢慢飘落的大雪中睡去为结尾，至于他想通了什么，顿悟了什么，不同的人给出了不同的解答。有人说他顿悟了生死的奥秘，有人说他意识到了自己的自负从此不再以自我为中心，有人从雪的象征意义着手探讨文章的隐喻意义。然而小说究竟要表达什么，仍然是一千个读者有一千个哈姆雷特。文本中终极意义的模糊性，正是乔伊斯摒弃了宏大叙事关于人生意义和终极目标的思考，不再追求本质及最终意义的表现，其渲染不确定性的写作手法解构了传统宏大叙事对终极意义的探索与追求。

四、小结

　　"宏大的结构、完整的理论、全面的叙述、具有普适性的标准和本质、不容置疑的权威等这些堂皇的冠冕，它们赋予宏大叙

---

　　① 冯季庆：《英国·爱尔兰经典中篇小说》，文化艺术出版社，2012年，第284页。

　　② 冯季庆：《英国·爱尔兰经典中篇小说》，文化艺术出版社，2012年，第287页。

事义正词严的庄严面孔，但也容易令人望而生畏、敬而远之。"①
在《死者》中，乔伊斯不再关注对普适性标准和本质的终极探索，而是用很长的篇幅只写了一晚上发生的事，突出了小人物内心的变化及行为的卑琐性。通过英雄主角的去权威化、矛盾冲突的平淡化、终极意义的不确定性削弱了元话语的中心地位，对文学创作宏大叙事进行了一次独特的解构，以证明"被侮辱、被伤害的'小人物'状态是每个人的生活常态，没有诗意的灰色人生是芸芸众生不可逃避的归宿"②。

---

① 解葳：《论宏大叙事如何重构》，《当代文坛》，2013 年第 2 期，第 58~61 页。
② 杨晓林：《论新写实小说对现实主义宏大叙事的独特解构》，《宝鸡文理学院学报（社会科学版）》，2004 年第 24 卷第 5 期，第 44~48 页。

第三章　创伤记忆与身份认同——多丽丝·莱辛《野草在歌唱》的存在主义解读

多丽丝·莱辛（Doris Lessing，1919—2013）是英国文学史上成就最为卓越的作家之一，是第 11 位获得诺贝尔文学奖的女作家，被誉为继伍尔芙之后最伟大的女性作家。在她的 40 多部作品中，莱辛表达了她对种族问题、分裂的文明、两性关系、复杂心理等的独特见解。小说《野草在歌唱》（*The Grass is Singing*）出版于 1950 年，讲述了白人主人公玛丽在南非英属殖民地上的成长与生活，最后被家中的黑仆摩西杀死的故事。以往对该小说的研究集中于玛丽的自卑心理、意象的运用、马克思主义批评视角、后殖民主义分析、生态女性主义批评等，然而小说所蕴含的主题远远不止这些。作为在第一次世界大战中长大、在第二次世界大战中被塑造的一代人，莱辛直接或间接都会受到当时风靡整个西方社会的存在主义思潮影响，其作品也不可避免地流露出存在主义思想。

萨特的存在主义哲学认为，人偶然地被抛到世界这个自在的存在，因为人有意识，只能成为自为的存在。人们生存于世，不断地在自在的存在与自为的存在之间的张力下进行选择，很难摆脱这种张力的缠绕，往往选择一隅，或中立，或自我虚无化，或死亡。《野草在歌唱》中玛丽在自在存在与自为存在、真实性与超越性的张力中挣扎、选择，不断创造自己的本质，在对自在的存在的否定和虚无化中，未能超越与克服自在存在的偶然性，最

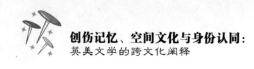

后放弃自由、丧失自我，在孤独、焦虑、自欺中生存，并且穷其一生，最终也没有冲破这层藩篱获得真正的自由。

《野草在歌唱》渗透着权力的检查机制中凝视的统治和作用。萨特和福柯关于凝视机制的理论表明，玛丽作为未婚女人、白人和穷人在观者眼光带来的压力下不停地被造就、控制，摇摇欲坠。在全景敞视机制下，她对自我进行监视，丧失自我以致精神分裂、身心枯萎最后面对死亡的惩罚。此外，小说中玛丽童年的创伤体验超出了玛丽正常的自我心理防御机制，撕裂、摧毁了玛丽完整地认知、表达生命体验的能力，打乱了其对正常生存语境的理解，使其失去正常的自我控制、与人相处和理解事情的能力。创伤记忆在玛丽婚后生活中反复再现，被玛丽心理的抵御机制阻挡，使其与外界的联系建立失败，创伤无法克服。玛丽被无法愈合的创伤、难以名状的恐惧、乱梦萦绕的长夜异化，被折磨得不堪一击，只能在绝望中等待死亡，这些导致了其悲剧的发生。

第一节　自在存在与自为存在之间的张力
——《野草在歌唱》的萨特式解读

存在主义哲学家普遍认为"世界是荒谬的，人生是痛苦的。面对荒谬的世界，自由是对人的一种负担，一种惩罚，他必须在冷酷荒诞的世界上承担自己的命运"[①]。《野草在歌唱》中女主人公玛丽，正是存在主义的典型诠释，她偶然地来到这个荒谬的世界，荒谬地生活、死去。萨特的存在主义哲学深刻地阐释了人生的虚无、荒谬，他认为世界作为自在的存在不以人的意志为转移，人们偶然地来到世上，因具有意识而成为自为的存在。人们存活在世上，不得不在自在存在与自为存在的张力下进行抉择，

---

① 张青卫:《浅谈存在主义文学中的死亡意识》,《株洲教育学院学报》,1997年第2期，第15~18页。

而在否定和主观化自在存在的过程中，也不可避免地会产生孤独、焦虑、自欺等情绪。萨特认为，意识具有超越性，人们利用意识的超越性可以将自为存在和自在存在统一起来，进而通过行动来进行自主选择，以寻得真正的自由。然而人们生活在世上，很难从自为存在与自在存在之间的张力中解脱出来，往往偏向其中一端，或保持中立，或将自我虚无化，或选择死亡。在《野草在歌唱》中，玛丽在自在存在与自为存在的张力中彷徨失措，试图找寻并重塑自己的本质，在绝望的现实中谋求生存，但她终究功亏一篑，既不能跨越这期间的重重阻碍，也未能寻得真正的自由。

一、孤独：张力下的在世感受

人生的荒谬在于感知世界和概念世界的永恒对立，这一人生在世必须面对的矛盾，自古至今一直是哲学家热衷探讨的问题。不同的哲学派别对此给出了不同的答案，作为存在主义的集大成者，萨特从这一问题出发强调了人的生存状态。存在主义起源于丹麦神秘主义哲学家克尔凯郭尔的个体哲学和尼采的唯意志论。尼采所宣扬的"上帝之死"，瓦解了西方以基督教为基础的价值体系，个人从上帝那解放出来，才得以发挥自己的主观能动性塑造自己。而后萨特以胡塞尔的现象学方法，在海德格尔存在论哲学的基础上，发展出关于存在的理论。虽然存在主义在遭受阿尔都塞、拉康、罗兰·巴特等人的批判后已走向衰落，然而作为席卷 20 世纪五六十年代欧美世界的思潮，其在文学作品与社会生活各方面中的渗透是不容低估的。20 世纪 50 年代出版的《野草在歌唱》，正是存在主义形象化的图解。

萨特通过现象学还原法把一切存在物等同于意识的显现，在意识的显现中存在分为自在的存在和自为的存在。自在的存在就是"独立于意识之外的外部客观世界，是现象产生的基础。它是

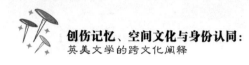
浑然未分、无知无觉、没有存在的原因和目的的纯粹存在本身。它既没有任何联系和发展变化，也无所谓过去、现在和将来，是脱离了时间性的存在。它是偶然、荒诞的"①。自为的存在，即人类对自己存在着这一事实本身的意识，自为存在不能与自身重合，是"自己规定自己存在的存在"②，它意识到自己的存在，而不是意识本身，其根本属性是一种虚无。继尼采宣告"上帝已死"后，人的主体性得以显现。萨特从"存在先于本质"出发，认为世界作为一个整体，即自在的存在，浑然天成地存在着。而人因为有意识，作为自为的存在，来到这个"自在"的世界，其本质是在不断地自由选择中塑造的，即在这选择的行动中，人存在着。

人想成为自在的存在，但是由于有意识，只能是自为的存在。人在世生存，要不断地反抗自在的存在，在这两极的张力下选择，从而造就自己的存在意义，所以孤独是自为存在在世的普遍感受。萨特认为孤独是我们在这世上与所有人关系中的第一个必然方面，孤独是我们适应这个世界的必然行为。《野草在歌唱》中的主人公玛丽，偶然地降生到这个世界，家庭、父母、环境，一切都是偶然，又不可改变，父亲的嗜酒、对家庭不负责任，加重了母亲的操劳与凄苦。从童年起，玛丽就在母亲的抱怨、父母的争吵中长大，"她的父母一年要打十二次架"③，母亲"常常一面缝衣服一面就哭起来。玛丽伤心地安慰她，心里既想走开，又感觉到自己的重要性，同时非常憎恨自己的父亲"④。成长的环境是玛丽不能选择的，玛丽作为自为的存在主体，在这自在存在

————————

　① 伏爱华：《萨特存在主义美学思想研究》，山东大学，2007年，第20页。

　② 萨特：《存在与虚无》，陈宣良等译，生活·读书·新知三联书店，1997年，第117页。

　③ 莱辛：《野草在歌唱》，一蕾译，译林出版社，2013年，第29页。

　④ 莱辛：《野草在歌唱》，一蕾译，译林出版社，2013年，第28页。

的压力下，想选择自己的自由，克服与生俱来的偶然，只能是徒劳。纵使她想走开，不想倾听，可是又心疼母亲，家庭的纽带根深蒂固地缠绕着她。在这自为与自在的张力中生存，她既不想参与父母的争吵，又不能离开这个家，只有忍耐。她在与家庭成员的关系中是疏离的，就这样从小在孤独中长大。

家庭的创伤养成了玛丽冷漠的性格，不喜倾诉、抱怨，步入社会工作后，虽然有了些共同玩乐的朋友，但内心仍旧是孤独的。在工作的日子里，玛丽努力工作，用积极的行动克服了出身卑微的偶然，在这段日子中，玛丽是自由的，在自己的选择中塑造自我。然而作为社会中的人，必然会受到社会规则的制约，女人是要结婚生子的。童年的阴影使玛丽对婚姻有着本能的抗拒，作为自为主体，玛丽并不想选择结婚，可是在社会习俗强大的压力下，她选择了妥协。玛丽受不了外界异样的目光、窃窃私语，在自我与他者的冲突中，"无法把自己的主观愿望和客观经历协调起来"[1]，手足无措间，她匆忙地嫁给了贫穷失败的农场主迪克。这正是玛丽悲剧人生的开始，婚后的生活，是漫无边际的孤独苦海。这世界的因果关系一旦被打破，就表现为一种荒谬，把人推向荒谬的处境。玛丽生活在城市，习惯了城市生活，迫于世俗压力嫁到了农场，在农场这个自在存在中，玛丽选择的空间是狭窄的，她无法选择自己擅长的生活方式。每天酷热的天气、枯燥的生活消耗着她的元气，"她似乎是一个过了好几年孤僻生活，已经不习惯于见人的女人，而不是一个多年来都生活在都市里，连一分钟的孤独滋味都没尝到过的女人"[2]。萨特曾指出，孤独是我们的感知在主观性中对他人客观化的途径。玛丽与他人、周围的环境是格格不入的，在这自在存在中，她感受到的是孤独这

①　莱辛：《野草在歌唱》，一蕾译，译林出版社，2013年，第40页。
②　莱辛：《野草在歌唱》，一蕾译，译林出版社，2013年，第76页。

无边的苦海，在其短暂的一生中，在自为存在、自在存在的永恒张力下孤独地生存。

二、焦虑：张力下选择的负担

萨特认为，人是自由的，自由就是行动，人在选择中一次次塑造自己的本质。然而由于没有了上帝的约束，没有了固定的价值体系，在自在的存在中生存，"这种缺乏理性指导的选择过程必然伴随着各种苦闷的心理，必然充满了焦虑的情绪"，"焦虑就是人在进行选择时，面对诸种可能性时所产生的一种情绪"[①]。

小说中玛丽人生第一次重要的选择，就是选择结婚及与谁结婚。年过三十还孤身一人，朋友们的议论让玛丽心烦、自我怀疑，"她也是个不能脱离社会生活的人……如果她的朋友认为她应该结婚，那自然就不能不把它当一回事了"[②]。玛丽在他人目光的压力下，选择婚姻，以为婚姻生活可以让她免于别人的议论，实现真正自由；实则相反，向自在的妥协，正是她婚后痛苦生活的源泉。在选择结婚对象的日子里，玛丽表现出不安、惊慌，甚至恍恍惚惚。玛丽第一次选择的是个儿女双全的五十多岁的鳏夫，在答应男方的求婚后，当男方要亲吻她时她吓得半夜逃跑，这段插曲也就到此结束。第一次选择的失败，让玛丽在社会这自在的存在、自我选择的自为存在的矛盾中面对选择时更加焦虑，她对自己的不了解，加上选择的任意性，导致"她心里一片寂寥空虚，同时又有一阵不知来自何处的极度恐慌，直袭她空虚的内心"[③]。面对选择的艰难，玛丽在极度的心神不安、焦虑中选择了迪克，来到了农场开始新生活。

---

① 伏爱华：《萨特存在主义美学思想研究》，山东大学，2007年，第34～35页。
② 莱辛：《野草在歌唱》，一蕾译，译林出版社，2013年，第38页。
③ 莱辛：《野草在歌唱》，一蕾译，译林出版社，2013年，第40页。

　　焦虑是在自在存在、自为存在的复杂运作中选择时的负担。萨特认为，选择是通往自由的必经之路，选择体现了自由，换言之，焦虑表现了自由。玛丽来到农场后，迪克的无能、做事无计划及男性气质的丧失令玛丽心生厌恶，贫穷、闷热得令人窒息的生活更让她抓狂。在迪克养蜂、养猪、养吐绶鸡、养兔和开杂货店通通失败后，玛丽"简直要溶化在失望和不祥的泪水中"①，"她想逃避悲惨命运的那种愿望，已经到了不可遏止的地步"②。对自由的渴望唤醒了玛丽，她决定逃走，逃离这悲惨的生活。在这次选择中，焦虑又一次侵袭着玛丽，然而这次的焦虑，是自由的召唤。玛丽准备逃走前，"她的精神恍惚起来，仿佛已经离开了农场，重新回到了往日的生活中"③。萨特曾说："我孤独地出现，并且是面对唯一的和构成我的存在的最初谋划而焦虑地出现，所有的障碍，所有的栅栏都崩溃了，都因意识到我的自由而虚无化了。"④ 她幻想着回到自己梦寐以求的过去，而这种追求、离家出逃是与社会伦理相悖的。玛丽选择前的焦虑，是一种负担，同时也是自由的表现。在对自由的强烈渴望中，焦虑是自由的衍生物。

　　玛丽结婚后的生活枯燥，几近绝望，黑仆摩西的出现，为玛丽的生活带来些许温暖。摩西的亲切、安详、温暖、宽厚，以及浑身散发出来的男性气质，深深迷住了玛丽。相对于迪克的男性气质尽失，摩西浑身散发出的阳刚气质填补了玛丽心中对男性的渴望。作为自为的主体，玛丽意识中的选择是偏向摩西的，然而社会伦理及根深蒂固的种族制度不允许玛丽按照自己的意愿选

---

① 莱辛：《野草在歌唱》，一蕾译，译林出版社，2013年，第96页。
② 莱辛：《野草在歌唱》，一蕾译，译林出版社，2013年，第101页。
③ 莱辛：《野草在歌唱》，一蕾译，译林出版社，2013年，第102页。
④ 萨特：《存在与虚无》，陈宣良等译，生活·读书·新知三联书店，1997年，第72页。

择。面对种种可能的选择，玛丽被越界的焦虑缠绕，以至于精神恍惚、失常，"在大部分的时间里，她的脑子都在隐隐作痛，而且是一片空白。她总是一句话讲了前半句就忘了后半句……口里才吐出三个字，脸上就突然露出茫然的神气……"①

萨特认为，人作为自为的存在，是因为有意识而区别于自在的存在，而意识的本质则是虚无。人们在"无"的意识指导下，进行选择，进而创造自己的本质，实现自由。由于意识的指导缺乏理性、原则，人们在面对诸种选择的可能性，克服自在存在的偶然性时会产生焦虑、恶心。从根本上说，社会作为自在的存在，一切都是混沌未分、浑然一体，而社会伦理、种族制度本身的产生就带着深刻的偶然性。作为自为存在的人，在这自在存在的压制中生存，想要克服偶然，达到真正自由，就必然在这二者的张力中盘旋挣扎，焦虑是必然伴随的心理负担。

在自在与自为的张力下，追求自由、塑造本质就会产生焦虑、恶心、不安，而放弃对自由的追求，放弃选择，人生就会轻松、平静，所以人们为了逃避焦虑会选择自欺即萨特所说的"不诚"，来填充自为存在与自在存在之间的鸿沟。

三、自欺：对两极之间张力的逃避

埃默里大学哲学系教授托马斯·弗林（Thomas Flynn）在他的《存在主义简论》中指出："我们对自由有一种'畏'，正是出于对这种'畏'的逃离才激发了我们的不诚。正是人类既具真实性又具超越性的二元性才使不诚成为可能。不诚就是设法否认其中的一极，来逃避两极之间的张力。"② 人的真实性就是人在

---

① 莱辛：《野草在歌唱》，一蕾译，译林出版社，2013年，第159页。
② 弗林：《存在主义简论：英汉对照》，莫伟民译，外语教学与研究出版社，2013年，第218页。

面对自在存在时想要归一的本真属性，而超越性则是由于人的意识而向自在存在分离的属性。我们在自在和自为的二元对立及两者间的张力下生存，自欺则产生于自为存在与自在存在的对抗之中，而萨特认为超越性是人的实在最重要的东西。

在自在存在与自为存在的对立中，人们为了逃避选择带来的焦虑，往往选择偏向其中的一极而否定另一极，即自欺，来逃避选择与责任。《野草在歌唱》中的主人公玛丽婚后疲倦、无聊、沉闷的生活都是在无止境的焦虑与自欺中度过的。迪克的无能、愚蠢、软弱，让玛丽心如死灰，玛丽一次次地欺骗自己，认为他们总有一天会赚到钱过上好日子，而迪克做事三心二意，毫无计划，接二连三的失败让玛丽的期望一次次落空。迪克盲目地养蜂失败后，玛丽既气愤又无助，默默忍受着丈夫的无能。不出半年后，迪克看别人养猪赚钱，又盲目地决定养猪，玛丽本能地不相信他会成功，可她还是把希望寄托在这个季节的末尾，自欺欺人地以为迪克这次会赚到钱。由于不舍得花钱置办好的配套设施，饲养方法不当，这次养猪也注定是失败的。接下来的养吐绶鸡、养兔、开店铺，同样是毫不讲究方法，半途而废，结果无疑是一次次的失败。玛丽内心的歇斯底里化为脸上无声的指责，迪克的无能使玛丽不再相信他会成功、会赚到钱，"她发觉自己真是到了精疲力竭的地步，无论做什么事都感到疲惫不堪……这是她内心崩溃的开始"①。丈夫的无能让玛丽心死，甚至让她不再想活下去。玛丽无力超越这种处境，无力摆脱真实性与超越性、自在与自为之间的张力。为了躲避焦虑、屈辱、梦想幻灭带来的绝望，她只有又一次选择自欺，选择偏向这无法改变的自在存在，才可以继续相对轻松地生存下去。从此以后，玛丽选择以一种使她厌倦的禁欲主义来面对自己的未来。禁欲主义本身就是一种自

---

① 莱辛：《野草在歌唱》，一蕾译，译林出版社，2013年，第107页。

欺，一种对期待的否定，一种向意识内部的否定，否定自己的欲望追求、选择自由而归于自在存在的自欺。

玛丽选择用自欺、不诚的态度面对婚姻生活以达到"平静"。摩西的出现，再次激起了两极之间的张力运作。玛丽被摩西浑身散发出的男性魅力吸引，但在种族制度根深蒂固的南部非洲，她的欲望是无法得到满足的。白人社会坚决杜绝此类越界的事情发生，玛丽在种族歧视的环境中承受着巨大的精神压力。玛丽的情感分裂为两极，一边是摩西温暖体贴的关怀，一边是种族歧视的压力。为躲避这两极张力压力下选择的焦虑，玛丽不敢承认自己的感情，极力回避着摩西，她觉得把握不住自己，"在屋子里胆战心惊地干着活儿，竭力回避着他；他到了这间屋里，玛丽就逃到另一间屋里。她不能看他一眼"①。玛丽在逃避、自欺中挣扎，她精神分裂，身心枯萎。面对种族隔离，玛丽没有勇气跨出白人的界限去承认自己的感情。即使在最后托尼发现主仆二人的暧昧关系将摩西赶走时，玛丽仍旧自欺地为维护自己的白人地位而使出最后一点力气狠心将摩西赶走。正是因为玛丽在种族歧视的压力与自我欲望、自为与自在的张力中生存、选择，二者不可调和的过程中产生的焦虑，让她对自由生"畏"，没勇气去克服自在存在的偶然性。这导致了她的选择偏向一隅，选择了遵循种族制度，使自为与自在永久地分离，在自欺中苟且生存。

四、小结

萨特在他的存在主义哲学中指出，世界是一个自在的存在，人们偶然地来到这个世界，因为自身具有意识而成为自为的存在。人们在这个世界中生存，需要在自在存在和自为存在之间的张力中艰难抉择，谁也无法逃出这两者的矛盾纠缠，人们或是择

———

① 莱辛：《野草在歌唱》，一蕾译，译林出版社，2013年，第180页。

其一方，或是保持中立，或是自我毁灭。在《野草在歌唱》中，玛丽在自在存在与自为存在、真实性与超越性的张力中顽强地反抗着自己的命运，举步维艰，最终在否定自在存在的自我虚无化过程中放弃了自由，自取灭亡。这恰恰印证了存在主义的基本观点："人生是痛苦的，人生来是受苦难的，虽然人毕其一生都在追求理性的生存基础，但却一无所获。"玛丽也曾试图创造自己的本质，在自在存在和自为存在的冲突中进行取舍，但穷极一生也没能克服障碍，寻得真正的自由。

第二节　记忆、复现、异化——玛丽的创伤研究

在多丽丝·莱辛的《野草在歌唱》中，女主人公玛丽的家庭、婚姻创伤及其导致的人生悲剧发人深省。"创伤源于现代性暴力，是现代文明暴力本质的征兆，具有入侵、后延和强制性重复三大本质特征。创伤研究深受弗洛伊德心理分析影响，横跨人文社会科学研究各领域，是主导当代西方公共政治话语、人文批判及历史文化认知的流行范式。"[1] 20 世纪 90 年代以来欧美创伤理论的繁荣，为我们理解玛丽的悲剧提供了新的研究视角。

关于创伤的系统性研究可追溯到 19 世纪 70 年代让-马丁·沙可（Jean-Martin Charcot）的歇斯底里症研究，经其追随者西格蒙·弗洛伊德（Sigmund Freud）、皮埃尔·让内（Pierre Janet）等的继续发展，找出了歇斯底里症的心理成因，认为歇斯底里症是心理创伤的一种表现，即由于经历过令人无法承受的创伤，患者无法将自我与现实联系起来。由于对歇斯底里症的研究和女性精神失常、性暴力、乱伦等联系在一起，导致公众的指责谩骂，使接下来的创伤研究一度中断。后来的两次世界大战、

---

① 陶家俊：《创伤》，《外国文学》，2011 年第 4 期，第 117~125、159~160 页。

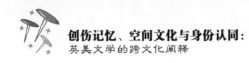

"越战"、"9·11"恐怖事件等带来的心理、战争创伤，美国民权运动、妇女解放运动的风起云涌，再次引发了社会对边缘受创群体的关注，吸引了一大批欧美的心理学家、文学评论家、文化研究者和历史学家对创伤进行研究。1996 年"创伤理论"这个术语的诞生，标志着人文社科研究的一次创伤转向。

《野草在歌唱》中玛丽童年的孤苦生活，父亲的不负责任、酗酒、无能，母亲的抱怨及父母的争吵给玛丽幼小的心灵留下了不可磨灭的创伤。创伤记忆在玛丽婚后屈辱、艰难的生活中机械再现，又一次次被玛丽心理的抵御机制阻挡，使其与外界的联系建立失败，让她的创伤无法愈合。创伤克服的失败、人格的分裂，在玛丽痛苦的婚姻生活中起着催化变形的刺激作用，导致其悲剧的发生。

一、童年的创伤体验

历史学家多米尼克·拉卡普拉（Dominick LaCapra）认为创伤就其本质而言是一种让人难以把持的体验，这种体验撕裂，甚至可能摧毁一种完整的，或者至少可以表达的生命体验。它是一种脱离正常语境之外的体验，出乎意料，打乱了人们通常对生存语境的理解。在南非殖民地长大的玛丽，农场中心的小商店是她小时候活动的中心，她有时会帮母亲去买桃脯或鲑鱼，但由于家里贫穷，对着一堆堆五颜六色的糖果她只能望洋兴叹。长大后，那作为童年背景的小店铺对玛丽来说又有了另外一层意义，她明白了那种店铺就是她父亲沽酒的地方。父亲把薪水都花在喝酒上，家里人不敷出，母亲的恼恨、埋怨填满了玛丽的童年生活，"她常常一面缝衣服一面就哭起来。玛丽伤心地安慰她，心里既想走开，又感觉到自己的重要性，同时非常憎恨自己的父亲"[①]。

---

① 莱辛：《野草在歌唱》，一蕾译，译林出版社，2013 年，第 28 页。

父亲是铁路的抽水员，每个月的薪水都不够用来还账单。为了这些账单，她的父母一年要打十二次架。生活的操劳、哥哥姐姐的死，玛丽把母亲的轻蔑、嘲讽最后都归为可怕的冷淡。童年家庭的悲伤，撕裂了玛丽完整的生命体验，打乱了她对正常生存语境的理解，导致了她日后的冷漠，使其表情生硬而不自然。

"创伤产生的原因很多，有文化的、历史的、政治的、战争的、家庭的等等，但压抑、解离、与外界隔离以及对自我的否定是受创者共同的症候。"① 离校后的玛丽在城里找到了一份工作。母亲的死、父亲的调离，都没有影响到玛丽。父亲不在眼前，反倒让玛丽觉得很愉快。童年的家庭创伤使玛丽长大后自我隔离，使她几乎过着与世隔绝的日子。虽然也有些共同玩乐的朋友，却找不出一个知己。"她孤零零地一个人生活，一点也不觉得害怕，反而喜欢这样。"② 父亲死后，切断了玛丽童年记忆的最后一根纽带，她决心把那些事情忘记。她就这样单纯、孤立地生活，到了三十岁还没有结婚。看到别人结婚，她有些伤感，可是想起童年的家庭毫无安宁可言，她又极其讨厌男女关系，但在婚姻这微妙而强大的压力下，她开始有些不安、惊慌，甚至恍恍惚惚。直到有一天，玛丽在朋友家听到别人在背后议论她三十多岁还不结婚，保持少女的样子。转眼间自己成了别人飞短流长的对象，她开始自我怀疑、否定自己。"她自己心里承认自己一无是处，是个废物，是个没人要的可笑的人。"③ 玛丽长期的自我压抑、隔离，导致其失去正确判断自身的能力，只根据别人的目光否定自己。在创伤体验中，人们通常只能麻木地或冷漠地表征自己不能感知的体验，或者满腹心事，却无法表征，至少无法批判性地、

---

① 师彦灵：《再现、记忆、复原——欧美创伤理论研究的三个方面》，《兰州大学学报（社会科学版）》，2011年第2期，第132~138页。

② 莱辛：《野草在歌唱》，一蕾译，译林出版社，2013年，第30页。

③ 莱辛：《野草在歌唱》，一蕾译，译林出版社，2013年，第46页。

有主见地表征。在那段日子里，玛丽对自己不能感知的体验无法表征。她逃避、转移自己的注意力，所有空闲时间都用来看电影。她讨厌男人，在别人的判断下否定自己，因而不得不急着找个男人结婚。她满腹心事却早已失去了吐露的本能，每天昏头昏脑，心神不安，在匆忙之中嫁给了贫穷、无能的白人农场主迪克。

朱蒂斯·赫曼（Judith Herman）认为当创伤事件的破坏性超出了受害人正常的自我心理防御机制时，会使其失去正常的自我控制及与人相处和理解事情的能力。玛丽童年的家庭创伤，撕裂了其完整的生命体验，打乱了其对正常生存语境的理解，使长大后的她厌恶男人、恐惧婚姻、遗世而独立、对周围的人事反应迟钝。玛丽由于不会正常地与人相处，不能正确判断自己，根据别人的目光否定自己，盲目地结婚，导致了其后半生的悲剧。

二、创伤的延迟性、非线性再现

个体在经受创伤事件的时候可能对其完全不知，创伤经历对个体的影响呈现出滞后性。"创伤经历受到意识的压制，潜伏在潜意识层面，无法言说、无从知晓，但在创伤幸存者的记忆中不断重复，并干扰着受创者的生活，而创伤幸存者对自己的一些强迫性重复行为的原因却一无所知。"① 自从父亲死后，玛丽把童年记忆彻底封闭起来，似乎忘记了自己的不幸，而把这些记忆压入潜意识中。根据弗洛伊德的观点，潜意识会不断地向意识领域涌现，或者被意识压制下去，或者冲破意识的界限浮上水面。玛丽第一次联想到自己的童年，是在她第一次和迪克相遇的电影院门口，她看到迪克那装满了谷子的卡车，想到了自己曾经居住过

---

① 师彦灵：《再现、记忆、复原——欧美创伤理论研究的三个方面》，《兰州大学学报（社会科学版）》，2011年第2期，第132~138页。

的小村庄。数十英里连绵一片，空无一物——数十英里连绵一片，都是草原，这使她联想起自己的童年，这似乎预示了她日后婚姻生活的不幸。玛丽初嫁到农场，看到屋子里简陋、寒碜的摆设，不禁让玛丽毛骨悚然，这一次玛丽清晰地记起自己的创伤经验。"她渐渐开始感觉到，现在并不是在这所屋子里跟丈夫坐在一起，而是回到了母亲身边……最后她实在忍不住了，突然跌跌撞撞地站了起来，着了魔似的，好像觉得是自己的亡父从坟墓中送出了遗嘱，逼迫她去过她母亲生前非过不可的那种生活。"①玛丽的过分恐惧，正是对童年创伤复现的反应，被掩藏的潜意识冲上意识表面，开始干扰玛丽的生活。童年的创伤记忆延迟地、无序地在玛丽眼前浮现，由于对创伤事件的不理解，玛丽对这种强迫性重复带来的恐惧也无从知晓，她所做的仍旧是逃避、抵制。

创伤产生时，受害人往往无法完全理解，但日后创伤会不断以闪回、梦魇或其他不断重复的方式令受害人对创伤事件产生反应。在婚姻生活的开始，玛丽还是精力充沛地忙这忙那，到最后实在是没什么可做了，玛丽的意志渐渐被枯燥的生活、闷热的天气吞噬。家里穷得没有钱安装天花板，玛丽每天在酷热难耐的铁皮屋顶下消磨着自己的元气，丈夫的贫穷和无能让她对生活更加愤恨、厌恶。婚后的生活使玛丽更加孤独，每天相伴的只有黑人奴仆。玛丽开始在折磨黑人中寻找乐趣。然而，即使在她训斥奴仆的时候，也避免不了童年创伤的涌现，她用的是母亲和父亲为了金钱而争吵的腔调。当她发现自己过着母亲曾经的生活时，她自怜、心酸，有说不尽的伤心沮丧。迪克做事漫无目的、意志薄弱，在养蜂、养猪、养兔统统失败后，玛丽简直要溶化在失望和不祥的泪水中。最后迪克决定开一个出售黑人用品的商店，对玛

---

① 莱辛：《野草在歌唱》，一蕾译，译林出版社，2013年，第52页。

丽来说，这是件非常可怕的事，因为使她想起了儿时活动的中心、父亲酗酒的地方、送来账单的地方。"店铺里那股气味使她记起了自己童年时代的情景，那时候她总是战战兢兢地站在街头，看着那一排排摆在柜架上的酒，猜想着她父亲那天晚上将会喝哪一瓶酒。"① 这种对创伤事件的滞后反应、创伤事件的不断闪回，正是玛丽童年家庭创伤的重复再现。玛丽想到这些时焦虑、恐惧、无助，但是她很快地将这些记忆抵制回去，她从不与人诉说，内心封闭，拒绝与人交流，导致其创伤的积累越来越多，童年的创伤无法愈合。再加上她拒绝与外界进行联系，这又催化了其婚姻创伤的叠加。无力承受这痛苦的婚姻生活，在逃跑后历经失败、梦想的幻灭再次回到农场的玛丽，内心开始崩溃。多重创伤的累加却没有出口宣泄导致了玛丽的失语、感觉麻木、人格分裂。

创伤体验有两个基本特征："超出正常认识能力的不可理解性以及在事件发生之后的机械重复性。"② 另外，创伤记忆并不像成年人的记忆一样以文字、线性的形式被编码。在疲倦、无聊、沉闷的婚姻生活中，玛丽的创伤记忆不断重复地涌上来。玛丽说话开始变得含含糊糊，做事情忘东忘西，整个人处于瘫痪麻木状态。黑仆摩西的出现让玛丽复活过来，摩西的温暖、呵护、健壮魁梧的身躯让玛丽着迷，但严格的种族隔离制度又将玛丽的情愫无情地打回了被压迫的潜意识层面。由于潜意识中压抑、隔离了太多，每当夜晚，这些潜意识便会突破意识的界限浮现到梦中。玛丽无数次梦回童年，梦到迪克的死，梦到自己和摩西在一起，白日里一切被抵制回去的创伤记忆、被压抑的潜意识在夜晚

---

① 莱辛:《野草在歌唱》，一蕾译，译林出版社，2013年，第97页。
② 朱荣华:《多米尼克·拉卡普拉对创伤理论的建构》，《浙江学刊》，2012年第4期，第102～106页。

吞噬着玛丽。童年、婚姻、种族的创伤，非线性、无序地一次次重现，玛丽被难以名状的恐惧、乱梦萦绕的长夜异化，被折磨得不堪一击。这些，都是玛丽不能理解的、无法愈合的创伤。与外部世界的隔绝早已使玛丽失去了整合世界、自我认知的能力。

三、异化、绝望：克服创伤的失败

要了解创伤，走出创伤，"必须给受创者提供一个将创伤记忆由潜意识上升到意识，由内在记忆转化为外在现实，摆脱可怕记忆，进而得以康复的渠道"①。与他人和外部世界建立联系是受创者复原的重要途径。童年的家庭创伤导致成年后的玛丽孤傲冷漠，不会正常与人打交道，也没什么知己。少女时期的她"听到别人哀声怨语，感叹身世的时候，她并不随声附和"，"甚至有些恐惧"②，她竭力避免谈这些事情，不敢触碰自己的创伤记忆。认识迪克之后，玛丽第一次回忆起自己逝去的童年。婚后痛苦的生活，导致玛丽童年创伤记忆的延迟性、非线性地反复再现，"但是无论怎样，她仍然能够从房间里走出来，脸上带着无声的指责"③。玛丽一次次逃避自己的创伤记忆，即使复现出来，她的反应只是焦虑、恐惧、抵制，转而把记忆再次打回潜意识的底层。玛丽失去了将内在记忆转化为外在现实的能力，在创伤的一次次复现中，玛丽被折磨得精疲力竭。

著名创伤理论专家和治疗专家德瑞·劳和朱蒂斯·赫曼都认为："创伤不能独自面对，只有'在关系中'才有康复的可能……将创伤事件重新外化、对创伤经历进行重新评价，帮助幸

---

① 师彦灵：《再现、记忆、复原——欧美创伤理论研究的三个方面》，《兰州大学学报（社会科学版）》，2011年第2期，第132～138页。
② 莱辛：《野草在歌唱》，一蕾译，译林出版社，2013年，第34页。
③ 莱辛：《野草在歌唱》，一蕾译，译林出版社，2013年，第93页。

存者对自己做出公正阐释，重建正面的自我观念。"① 在同邻居的交往中，玛丽"为人刻板骄傲"，查理·斯莱特曾说："她这样摆架子是要吃亏的。她脑子里装满了空想，所以待人处事总是犯错。"② 玛丽过着与世隔绝的生活，她从不与人交往，这导致了她人格分裂、异化、绝望、精神失常，使自己成了周围邻居取笑和憎恨的话柄也不自知。童年的创伤体验撕裂、摧毁了玛丽完整地认知、表达生命体验的能力，打乱了其对正常生存语境的理解。生活把玛丽折磨到失语、恍惚，在与外界建立联系的过程中遭受失败使玛丽根本不可能直面创伤或者对创伤经历重新评价并重建自我。玛丽被无法愈合的创伤、难以名状的恐惧、乱梦萦绕的长夜异化，被折磨得不堪一击，最终在绝望中等待死亡。

四、小结

《野草在歌唱》中玛丽童年的孤苦生活，父亲的不负责任、酗酒、无能，母亲的抱怨，父母的争吵，给玛丽幼小的心灵留下了不可磨灭的创伤。童年的创伤体验撕裂、摧毁了玛丽完整地认知、表达生命体验的能力，打乱了其对正常生存语境的理解。创伤事件的破坏性超出了玛丽正常的自我心理防御机制，使其失去正常的自我控制、与人相处和理解事情的能力，让她过着与世隔绝的生活。玛丽婚姻生活中带有童年色彩的元素注定了其生活的悲惨、命运的悲剧。创伤记忆在玛丽婚后屈辱、艰难的生活中反复再现，又一次次被玛丽心理的抵御机制阻挡，使其与外界的联系建立失败，创伤无法愈合。创伤克服的失败、人格的分裂，在痛苦的婚姻生活中起着催化变形的刺激作用。玛丽被无法愈合的

---

① 师彦灵：《再现、记忆、复原——欧美创伤理论研究的三个方面》，《兰州大学学报（社会科学版）》，2011年第2期，第132~138页。

② 莱辛：《野草在歌唱》，一蕾译，译林出版社，2013年，第82页。

创伤、难以名状的恐惧、乱梦萦绕的长夜异化，被折磨得不堪一击，使其只能在绝望中等待死亡，最终导致悲剧的发生。

　　童年应该是最快乐、无忧无虑的人生阶段。玛丽的经历，让我们对如何处理家庭问题，如何以正确的方式教育子女使其快乐健康成长，以及如何面对身边有着创伤经历的人们，如何与其沟通，产生更多的研究和思考。20世纪末人文社会科学领域的创伤转向，体现了人们对受创者边缘群体的关注和同情，也为我们理解文学作品提供了新的视角和研究路径。创伤理论的继续发展将会为我们理解创伤、正视创伤、处理创伤提供新的阐释。对受创边缘群体的关注有利于社会结构的完善、个体群体创伤的恢复，同时地对创伤理论的完善丰富具有非常现实的意义。

第三节　被造就的个体存在——凝视机制下玛丽的灭亡

　　视觉文化源远流长，与人类文明的进程是同步的。在古典、中世纪及近代哲学中，都存在着围绕"看"的思辨传统。从柏拉图的"心灵的视力"，到奥古斯丁的"光明之眼"，再到笛卡尔的"精神察看"，他们的论述中都有一个共同的特点："均以视觉为认知中心，强调视觉中包含的知性和理性成分以及视觉对外部世界的把握能力。"① 进入现代以后，随着各种文艺批评流派的发展，人们渐渐认识到视觉是"权力性的""冷漠的""疏离的"。萨特、福柯等哲学家也开始纷纷聚焦"凝视"这一现象并给出了极具颠覆性的分析。

　　国内学者杨非从福柯的凝视理论权利机制论述了书中复杂的视觉关系，表明了"凝视者与被凝视者身份定位的变动性，即人人皆处于他人的凝视中。而被凝视者借助于反凝视彻底颠覆原有

---

　　① 赵一凡：《西方文论关键词》，外语教学与研究出版社，2006年，第351页。

的视觉特权和解构固有的视觉权力结构"①。《野草在歌唱》中涉及了福柯在权力检查机制中提到的凝视的作用。玛丽在观者眼光带来的权力压力下，自我审查、逐步堕落，在经历了长久的自我斗争后精神支离破碎，最后面对死亡的惩罚。本节从凝视机制理论出发，结合萨特和福柯关于凝视的哲学观点，探讨玛丽作为未婚女人、白人和穷人在凝视的压力下不停地被造就、控制，最后丧失自我的过程。她胆战心惊地在人生的缝隙中行走，摇摇欲坠，消耗自己的生命直至最后死亡。

一、"为他的存在"

萨特认为他人的注视使个体有了生命，每个个体都是别人认识的自己，他人的注视包围了个体的存在。我们从出生开始无时无刻不被他人注视，我们认识的自己是他人眼中的我们。无形中我们根据别人的描述、评价、批评改变自我、塑造自我，以使自己满足别人的需要，赢得别人的认可。我们的主体性逐渐丧失，从自由的人降格为"为他的存在"。

《野草在歌唱》中，主人公玛丽是在南部非洲英属殖民地上长大的普普通通的白人。童年时父亲的不负责任，家里的贫穷，母亲的悲哀、抱怨，给玛丽幼小的心灵留下了不可抹去的创伤。长大后的她不关心他人，不过问世事，直到三十岁仍活在自我隔绝的小小世界中。她没有生活目标，在每天枯燥乏味的办公室生活结束后，就在俱乐部、电影院中消耗自己的生命，任时间蹉跎。

然而随着时间的流逝，她的外貌开始显得干瘪，在不知不觉中呈现出了老态，她有时候还心里不安、惊慌，甚至有些恍恍惚

---

① 杨非：《凝视与被凝视——凝视理论视角下〈野草在歌唱〉的视觉关系解读》，《湖州师范学院学报》，2011 年第 6 期，第 6~9 页。

惚。直到有一天，她在朋友家聚会，听到朋友们在私下议论她，才意识到自己已成为别人飞短流长的对象。"'她可不是个十五岁的小姑娘啦，真可笑！应该有个人去告诉她一声，她那种打扮太不像话了。'……'她为什么不结婚呢？她应当有很多机会的呀。'……'我的丈夫一度对她很有意思，可是认为她永远也不会愿意结婚。其实她不是那么一回事，决不是那么一回事。'"①正是这番话彻底改变了她，成为她人生中至关重要的转折点，这也是她悲剧的开始。

面对朋友异样的目光和窃窃私语，他们的注视内化为玛丽的自我意识，她开始改变自己，调整自己以迎合他人的需要。从那天起，她"解下了头发上那根缎带"，"买来了现成的衣服"，"她不像从前那样心安理得了。她开始注意周围有没有可以和她结婚的人"。②他人的注视成为塑造玛丽主体性的决定力量，玛丽原有的生活受到了外来力量的挤压和控制。在凝视下，玛丽对自我的认识成了他人眼中的样子。玛丽积极物色适合结婚的人，在等待的两个月中，她甚至在"自己心里承认自己一无是处，是个废物，是个没人要的可笑的人"③。在别人异样的目光中，玛丽丧失了主体性与自我意识，自我物化，本能地屈服于外力的摆布，然后匆忙嫁给了自己一无所知的、失败无能的白人农场主迪克。尽管此时的玛丽仍然幼稚无知，从没想过爱情婚姻的抽象概念，但此举至少可以使她逃离流言蜚语和他人异样的目光。

玛丽在他人的凝视下丧失自我，将自己塑造成他人眼中的客体，赌上自己的后半生以取悦他人，从自由的人降格为"为他的存在"。她在凝视力量的作用下步入婚姻，自欺欺人地以为自己

---

① 莱辛：《野草在歌唱》，一蕾译，译林出版社，2013年，第36页。
② 莱辛：《野草在歌唱》，一蕾译，译林出版社，2013年，第38页。
③ 莱辛：《野草在歌唱》，一蕾译，译林出版社，2013年，第46页。

开始了新生活。然而凝视是恒常存在的，即使他人不在场，凝视的目光也永远在场，从未停止。

二、匿名权力下的自我监视

当代法国左派思想家福柯探索凝视和哲学的关联，分析了微观权力在凝视过程中的渗透。福柯重新阐释了权力观，说道："权力不是一个机制，不是一个结构，也不是我们拥有的某种力量；它只是人们为特定社会中复杂的战略情势所使用的名字。"[①]福柯认为，在社会复杂的关系网中，权力不断被生产、被创造，而规训就是权力运作的实施手段，其运作方式是一种固有的凝视。福柯将其称之为"权利的眼睛"。

为了解释规训权力的具体运作，福柯选用了杰里米·边沁（Jeremy Bentham）所设计的全景敞视主义的圆形监狱作为意象。圆形监狱中央有座塔楼，塔楼的四周都装满了窗户，外围的一周被分隔成一间间的囚室，囚室里有两面分别面对塔楼和外面的窗户，塔楼通过窗户可以监视囚室内的各种活动。由于逆光效果，囚犯看不到塔楼中的监视者，"所以必须时时保持一种警惕，以保证自身活动的不出格，同时，也使囚犯成为自己的监督者。监督不再是一种外在力量，而是囚犯内心中的一种观念"[②]。在这种监视的目光下，每个人都会渐渐自觉地变成自己的监视者，从而实现自我监禁。

在南部非洲这片土地上，历史遗留下了根深蒂固的种族主义偏见，即白人自认为高于黑人，甚至把黑人视为畜生。白人把自己看作世界的主人，把黑人塑造为懒惰、愚蠢、下流的野人。种

---

① 赵一凡：《西方文论关键词》，外语教学与研究出版社，2006年，第443页。
② 马文博：《对福柯权力观的解读》，《河套大学学报》，2009年第3期，第89～91页和96页。

族隔离与偏见早已成为白人社会的感知结构：土人不能正眼看一个比自己身份地位高的人，"可能也有个别的土人会讨他们喜欢，但是从整体上说，他们是厌恶土人的。他们对土人厌恶到神经质的地步"①。在这样种族歧视微妙复杂的社会里，玛丽从出生起，就继承了社会给予她的这一套价值观，严守着优等种族和劣等种族的边界。

　　婚后贫穷、孤独的生活日渐吞噬着玛丽的心智，她开始变得麻木、恍惚。即使在折磨土人的快感中找寻到些许优越感和安慰，玛丽的身心也因生活的不尽如人意、丈夫的无能而饱受摧残。她整日闷闷不乐，沉湎于幻想，慢慢地枯萎。而黑人奴仆摩西的出现，为玛丽枯燥的生活平添了几分色彩。他的温和、从容不迫、彬彬有礼使玛丽冰封的心慢慢融化，"他那健壮魁伟的身躯迷住了她"②。在一次偶然看到摩西洗澡后，玛丽"几个月来第一次摆脱了那种对什么都漠不关心的态度"③，摩西那罩满雪白皂沫的又黑又粗的脖子、健壮的背刺激着玛丽的感官。玛丽被摩西身上散发出的男性气质深深吸引，这使得玛丽终日惶惶不安，心灵备受煎熬，因为这是与她从小所受的殖民教育相悖的——黑白、主仆的界限不可逾越。这样，全景敞视凝视"将人变成了自己的监视者，权力实现了自动高效地运转。凝视的目光所及之处，尽被社会规训网络所覆盖"④。在自我监视下，玛丽不敢面对，只能逃避。于是她更加严厉地给摩西分配任务，吹毛求疵，试图掩盖自己的感情。摩西难以忍受玛丽的百般刁难而提出辞职，此前已多次解雇仆人的玛丽怕丈夫责备而大哭，于是摩西再次留下，从此玛丽再也无法抗拒摩西的善意与关心。

---

①　莱辛：《野草在歌唱》，一蕾译，译林出版社，2013年，第77页。

②　莱辛：《野草在歌唱》，一蕾译，译林出版社，2013年，第151页。

③　莱辛：《野草在歌唱》，一蕾译，译林出版社，2013年，第153页。

④　赵一凡：《西方文论关键词》，外语教学与研究出版社，2006年，第357页。

对于深受种族偏见毒害的玛丽，被摩西的男性气质唤起的欲望是她无法承受的。她躲避与摩西的碰面，极力否认自己的感情，有时还歇斯底里地哭起来。而在这痛苦的折磨中，玛丽又不可自拔地享受着摩西的关心和爱护。"玛丽不得不和他接触，而且没有一刻不感觉到他的存在。玛丽每天都意识到这种情形有几分危险，可又说不准究竟是怎样一种危险。"① 玛丽被恐惧、乱梦萦绕的长夜和无法摆脱的妄念折磨，受制于全景敞视凝视，匿名的凝视控制着玛丽，同时又不断生产着、增强着新的凝视。在这样的全景敞视机制中，玛丽不断地自我监视，在黑人面前维护自己的尊严，坚守白人的底线，而这又与玛丽内心的真实情感相抵触。这种剧烈的折磨和自我惩罚造成玛丽精神分裂，身心枯萎。这是凝视对自我凝视的胜利，是精神对精神的扼杀。

三、对象化的被监视者

玛丽少女时期在凝视的作用机制下嫁给了迪克，这是玛丽人生走向悲剧的转折点。婚后她被黑人摩西的男性气质吸引，在种族主义的精神压迫下，在欲望与坚守白人底线中挣扎。自我凝视、自我折磨使玛丽的悲剧人生走到了顶点，稍加催化，她的悲剧就会降临。玛丽作为穷苦白人，一直处在中小资产阶级农场主查理的凝视下。查理为了维护白人尊严，在利益的驱使下，将玛丽一家圈地扫出家门，直接导致了其悲剧的降临。

小说中，查理是少数成功白人的代表，其财富的积累靠的是资本主义的经营方式、对黑人奴仆的残酷剥削及对穷苦白人的野蛮掠夺。他把农场看作机器，不顾一切地赚钱。多年来虽然与迪克家庭有着往来，而迪克农场的经营不利，滋生了查理吞并迪克小农场的欲望。随着迪克农场的落败，他想占有迪克农场的欲望

---

① 莱辛：《野草在歌唱》，一蕾译，译林出版社，2013年，第167页。

更强烈，"几年来，查理一直盘算着等迪克破产后，把他的农场买下来"①。他需要给自己牲畜放牧的草地，而迪克那块茂盛的草地正是查理朝思暮想的。福柯认为权力的运作要通过严格监视来实施。"通过监视和观看，个人被对象化，被观察，被记录，被铭写……它既不掩饰，又保持沉默。它显得呆板，从不变换，却又极其警觉，不漏掉任何细节……在监视者和被监视者之间持续地发挥效应。"② 迪克夫妇一家一直作为被监视者牢牢地处在查理的监视之下，经营农场的惨败，故步自封的生活，尽收查理眼底。通过监视，玛丽的穷苦之家成为可见物，成为权力介入的对象。在这种复杂、自动匿名的凝视下，迪克夫妇的贫穷成了附近一带农场主茶余饭后的笑柄，而这些是都是在查理夫妇的监视下被发现和散播出去的。斯莱特太太甚至说道："'他们的生活和猪差不多，什么东西也不添置。'她现在甚至感觉到，玛丽就是去跳河自尽，也跟她毫无关系。"③

有一天，查理忽然意识到已经一年多不见迪克夫妇了。在驾车去迪克夫妇家的路上，他用锐利的目光查看着迪克的农场。在查理极其警觉的监视下，他发现农场一切都是原模原样，狼藉败落。他还看到了疲惫、元气丧尽的迪克。在沉默、警觉的监视目光中，查理不放过任何可以读出蛛丝马迹的线索，他预感到迪克的变化有其深层原因。为了让自己可以更进一步洞察一切，查理同意了迪克的邀请，去家里坐坐。望着屋里走了样的沙发、褪了色的蓝布、破了洞的窗帘、裂了缝的窗户，查理不禁对这狼狈的景象毛骨悚然。作为富人的代表，他鄙视、厌恶眼前这违背了白人生活原则的穷苦白人，因为如果"白人兄弟败落到不可收拾的

---

①　莱辛：《野草在歌唱》，一蕾译，译林出版社，2013年，第184页。
②　赵一凡：《西方文论关键词》，外语教学与研究出版社，2006年，第445页。
③　莱辛：《野草在歌唱》，一蕾译，译林出版社，2013年，第184页。

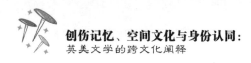

地步"，"黑鬼们就要自认为和你们白人一样高贵了"。[1] 吃饭时，查理两眼机警又明亮，觉察出了玛丽与摩西之间暧昧微妙的关系。到这时，查理一场精心算计和持久的凝视监视运作终于有了结果。他可以堂而皇之地收购迪克农场了，理由是迪克必须带玛丽到海边去度半年的假，让玛丽离开摩西。

摩西凭借他的温和与彬彬有礼走进了玛丽贫穷、暗无天日的生活。同样因为贫穷，玛丽被查理对象化，持续地被监视。凝视给予观看者以统治和支配被观看者的权利。在违背了白人社会生活准则后，玛丽被规范化裁决、惩罚，最后被逐出了白人的领地。

在玛丽即将离开农场的前两天，摩西给玛丽穿衣的一幕被查理派来接管农场的白人托尼撞见。玛丽看到他，"简直吓得魂不附体，恐惧地直瞪着眼看着他"[2]。再次面对白人质疑的目光，她的种族观念再次跳了出来。在托尼的怂恿下，玛丽凭着一丝微弱的理智最后一次给黑白种族间画了条明确的界限，那就是她还是决定赶走摩西。一方面，身为白人，玛丽越不过种族主义的边界，在凝视机制下自我惩罚而受尽折磨；另一方面，作为穷人，玛丽又被对象化，成为富人的监视对象，被他们鄙视、唾骂。这些富人还等着有朝一日将其逐出白人的生活圈。这样的双重凝视加速了玛丽悲剧的到来。在离开农场的前一夜，摩西怀着怜悯、伤感和报复的复杂感情杀害了玛丽，结束了这个可怜的、受尽折磨的、早已颓废不堪的女人的生命。

四、小结

萨特和福柯关于凝视机制的论述有助于我们理科《野草在唱

---

① 莱辛：《野草在歌唱》，一蕾译，译林出版社，2013 年，第 194 页。
② 莱辛：《野草在歌唱》，一蕾译，译林出版社，2013 年，第 203 页。

歌》这部小说。结婚前，玛丽在他人的凝视下丧失自我，将自己塑造成他人眼中的客体，盲目地嫁给贫穷无能的农场主迪克，从自由的人降格为"为他的存在"。婚后玛丽被黑仆摩西年轻健壮的男性气质吸引，这是严格被种族制度禁止的。在全景敞视凝视机制下，她不断地自我监视，坚守白人的底线，然后剧烈的折磨和自我惩罚造成玛丽的精神分裂，使其身心枯萎。而玛丽作为穷苦白人，在大农场主查理精心算计、持久的凝视监视运作下，最终被赶出家园。玛丽在观者眼光带来的多重凝视压力下，自我审查、逐步堕落，在经历了长久的自我斗争后精神支离破碎。可见，人要有敢于直视他人凝视目光的勇气，勇敢对他人塑造的我们说"不"，勇于在命运面前打破凝视的束缚，解放自我，真实、乐观、向上地生活；反之则像玛丽这样由于软弱，在他人的凝视压力下只能自我异化，走向灭亡。

第四章 迁徙、记忆与身份
——托尼·莫里森的迁徙叙事

美国黑人的历史在很大程度上就是迁徙的历史。迁徙伴随着空间的转移，记忆的更迭，身份的重构。从非洲到美洲，从美国南方到美国北方，从城市到乡村的空间转移不仅贯穿于黑人历史中，还融入美国黑人文学的叙事空间，成为许多美国黑人作品中挥之不去的重要主题。所以，涉及迁徙主题的小说叙事可被称为迁徙叙事。迄今为止，有不少学者关注美国黑人文学中的迁徙叙事。总的来说，迁徙叙事的涉及面极为广阔，不仅包含小说、诗歌等，还涉及音乐、电影、绘画、戏剧等。迁徙、记忆是迁徙叙事中的重要主题，这两个主题为解读小说中黑人人物的身份建构提供了丰富多彩的诠释领地。

美国黑人女作家托尼·莫里森（Toni Morrison，1931—2019）在1993年摘取了诺贝尔文学皇冠上的宝石，被誉为黑人作家的精神领袖。其个人经历与小说创作均受到20世纪初至70年代美国黑人"大迁徙历史"与记忆的深刻影响。《最蓝的眼睛》《所罗门之歌》中的迁徙、记忆主题不仅使人物形象的刻画更为丰富，还推动了小说情节的发展，深化了对小说主题的阐释，形成了小说的文本动力。从迁徙叙事中的迁徙、记忆角度解读小说中人物的身份建构、生活体验具有重要意义。本章首先对莫里森迁徙叙事的国内外研究现状进行梳理，指出目前研究中存在的主要问题。然后针对这些问题，从迁徙叙事视角解读莫里森的两部小说《最蓝的眼睛》《所罗门之歌》，分析小说叙事中的迁徙、记忆主题在奶娃身份塑造、佩科拉悲剧中扮演的重要作用。

第一节　莫里森迁徙叙事的研究现状

迁徙伴随着人类发展进步的历史，也伴随着美国黑人的历史。美国黑人的迁徙历史最早可追溯到 1619 年第一批非洲黑人被贩卖到美洲的奴隶贸易；美国内战前，他们经"地下铁路"（the Underground Railroad）踏上通向美国北方的自由之旅；从 1910 年到 1970 年，他们演绎了美国历史上规模最大的国内迁徙事件。这一时期，共有 800 多万美国黑人从美国南方农村迁往北部、中西部等工业城市，开启了美国黑人城市化和现代化的历史进程，对美国社会和黑人历史产生了重要影响。这段迁徙历史引起了史学家、人类学家、黑人文学家广泛而持久的关注。美国黑人文学家对迁徙的书写可追溯到保罗·劳伦斯·邓巴（Paul Laurence Dunbar）的小说《诸神的游戏》（*Sports of the God*，1902）。邓巴之后的黑人文学家纷纷从不同角度书写迁徙对黑人迁徙者生活产生的重要影响。作为一名在迁徙时期长大的黑人文学家，莫里森在其多部小说中对迁徙主题进行了探讨，描述迁徙及伴随迁徙历史产生的记忆对小说中人物的性格塑造、情节发展、叙述进程起了潜移默化的作用。莫里森如何从个体、家庭、社区等不同角度书写美国黑人大迁徙历史？如何通过空间意义上的迁徙和时间意义上的记忆两个维度，建构迁徙人物的自我身份？这些问题的回答，对我们研究美国黑人迁徙者，乃至当今遍及全球各地的迁徙者的生存境遇，都具有重要的现实指导意义。

一、莫里森及其迁徙叙事

莫里森是美国黑人文学界异常璀璨的一颗明珠，她是美国迄今为止唯一一位荣获诺贝尔文学奖的黑人作家，其主要成就在于

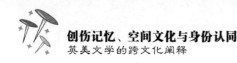

她的长篇小说。莫里森在 60 余年的职业生涯中共创作了十一部小说：《最蓝的眼睛》（*The Bluest Eye*，1970）、《苏拉》（*Sula*，1973）、《所罗门之歌》（*Song of Solomon*，1977）、《柏油娃》（*Tar Baby*，1981）、《宠儿》（*Beloved*，1987）、《爵士乐》（*Jazz*，1992）、《天堂》（*Paradise*，1999）、《爱》（*Love*，2003）、《恩惠》（*A Mercy*，2008）、《家》（*Home*，2012）、《上帝救救孩子》（*God Help the Child*，2015）。此外，她还创作了一部话剧《梦见埃米特》（*Dreaming Emmett*，1985）。作为纽约兰登书屋（Random House）的高级编辑，她编辑出版了《黑人之书》（*The Black Book*，1974）、《种族化正义，性别权力：论安妮塔·希尔，克拉伦斯·托马斯以及社会现实的建构》（*Race-ing Justice, En-Gendering Power*：*Essays on Anita Hill, Clarence Thomas, and the Construction of Social Reality*，1993）等。除此之外，她还出版了三部影响重大的文学评论集：《在黑暗中游戏：白人性与文学想象》（*Playing in the Dark*：*Whiteness and the Literary Imagination*，1992）、《边缘的流动：精选非小说集》（*What Moves at the Margin*：*Selected Nonfiction*，2008 ）、《他者的根源》（*The Origin of Others*，2017）；发表了一系列关于美国政治和社会的评论文章，如《飞舞的思想》（*The Dancing Mind*，1996）、《悼念"9·11"事件的逝者》（*The Dead of September* 11，1998）、《大学里的价值观教育》（*How Can Be Values Taught in the University*，2000）等。莫里森在小说中从不同时空背景出发，敏锐地观察和书写美国黑人生活。其小说以人物繁多、语言精练、情节生动、文笔细腻、情感充盈、意象新颖和想象丰富闻名于世。

　　仔细研读莫里森的小说和生平记录，我们可以发现她的个人成长和小说创作均深受美国黑人迁徙历史的影响。她的父母均是从美国南部来到美国北部俄亥俄州洛雷恩镇（Lorain, Ohio）的迁徙者，她父亲来自佐治亚州（Georgia），她母亲来自阿拉巴马州（Alabama）。父母等祖辈生活过的美国南方文化影响着莫里森的日常生活和儿时记忆。南方的文化历史不仅塑造了莫里森的家庭历史，而且潜移默化地影响了莫里森，所以在俄亥俄州长大的莫里森自幼对南方抱有复杂的感情，既不感伤怀念也不惧怕憎恨。莫里森的多部小说书写了黑人迁徙主题，从不同程度上折射了黑人迁徙的历史，展现了从 1910 年到 1970 年美国黑人从南部到北部、西部、西南部的迁徙和回南方的逆迁徙，所以她的小说叙事也可以称为迁徙叙事。

莫里森的迁徙叙事刻画了很多迁徙人物，这些人物大致可分为两类：一类是从南方来到北方或西部生活的，类似莫里森父母经历的黑人，即直接参与大迁徙历史的迁徙者，如《最蓝的眼睛》中从南方迁到北方城镇的佩科拉父母、《爵士乐》中从弗吉尼亚州迁到北部大都市纽约的特雷斯夫妇、《天堂》中从路易斯安那州西迁到俄克拉荷马州的摩根一家；另一类是迁徙者在北方或西部养育的后代，如佩科拉、多卡丝、鲁比镇的年轻人、《所罗门之歌》中的奶娃和哈格尔等。第一类迁徙人物成长于南北战争后的重建时期，亲历了南方奴隶制、等级制度、隔离制度下的暴力和歧视，他们怀揣美好梦想，迁到北方或西部，寻找他乡的温暖。第二类迁徙人物在北方或西部出生长大，虽然年轻时比父辈拥有更好的生活和更多的机会，但是他们的生活依然受迁徙历史与记忆困扰。通过细读文本，我们可以发现莫里森极为关注黑人迁徙人物的精神生存问题。她将小说背景设置在不同时代，［如第一次世界大战前后（《爵士乐》）、20 世纪 30 年代（《最蓝的眼睛》和《所罗门之歌》）、20 世纪 50 年代（《家》）、美国民权运动前后（《天堂》）］，关注黑人迁徙人物遭遇的精神危机，并在小说中给他们提供了精神生存的法宝：祖先。她高度重视祖先在迁徙人物精神生存中扮演的作用，认为祖先代表了黑人长者、

社区、历史、记忆、宗教、音乐等，给予人物慈爱、教导、保护和智慧。因此，我们在其小说中，会看到没有肚脐的传奇人物派拉特、传说、黑人社区、民俗等，它们作为精神的引导者，帮助迁徙人物走出精神的困境，走向完整的生存。

但是，莫里森笔下的迁徙人物找寻身份之路并非一帆风顺，找到祖先只是第一步；反思黑人历史，实践祖先传授的爱与责的使命，才标志着自我身份的最终实现。她的迁徙小说更像一曲又一曲从祖先到爱与责的乐章。比如，《所罗门之歌》中的主人公奶娃找寻到祖先遗产后，需要反思其祖父飞回非洲的代价，还需要学会关爱身边的女性，甚至带领姑姑派拉特回到南方，埋葬祖父的遗骨，才算真正找到了爱，实践了责任。又如，生活在大都市纽约的特雷斯夫妇不仅要走出南方历史的痛苦，还需反思历史中黑人盲目崇拜白人主流文化给黑人精神造成的创伤，学会接纳黑人文化，爱护自己，承担起教育下一代的使命，才算找到完整的自我。由此可见，迁徙人物如何在空间转换的迁徙过程中调和南方乡村与北方城镇之间、记忆与当下之间的冲突，黑人家庭、黑人社区、黑人文化如何向迁徙人物教授历史、爱与责的智慧是莫里森小说关注的重要主题，这也与莫里森的创作思想一脉相承。那么，批评家如何研究莫里森笔下的迁徙人物？他们如何看待迁徙人物的身份建构问题？他们是否注意到迁徙、南方历史、记忆、爱与责等主题在迁徙人物身份建构中的作用？

二、国外莫里森迁徙叙事的研究现状

莫里森的迁徙叙事引起了很多学者的关注，他们的研究散见于专著、博士论文和期刊论文中。总的看来，这类研究可以分为以下四类。

第一类将"迁徙"主题作为研究对象，从美国黑人文学传统出发，分析莫里森如何书写"迁徙"主题，思考美国南方、北方历史等对迁徙人物的影响。

法拉·贾丝明·格里芬（Farah Jasmine Griffin）所做的研究最具代表性。格里芬最先使用跨学科研究方法，综合文学、音乐、电影、绘画、历史等领域研究黑人迁徙叙事，并出版了第一部研究黑人迁徙叙事的专著《谁让你流浪？美国黑人大迁徙叙事》（"Who Set You Flowin"? The African-American Migration Narrative，1995）。她首次在学界提出黑人迁徙叙事概念，将其定义为主人公或作品本身体现从南方或者中西部的小地方（不一定是农村）迁徙到大都市的过程。她认为黑人迁徙叙事最早可追溯到邓巴的《诸神的游戏》。可以说，格里芬借用并发展莫里森的祖先概念，指出迁徙人物是迁徙叙事研究的重心，不能将他们简单地理解为黑人祖先，因为他们不仅受到南方乡村黑人祖先的影响，还受到北方城市文化的影响。她指出从哈莱姆文艺复兴至第二次世界大战，理查德·怀特（Richard Wright）悲观现实主义的迁徙叙事在美国文学中占据主导地位，且怀特在小说中主要批判美国南方对迁徙人物的消极影响。格里芬指出，怀特之后的黑人作家拉尔夫·埃里森（Ralph Ellison）和詹姆斯·鲍德温（James Baldwin）的创作虽然受怀特影响，但是他们开始关注黑人迁徙人物生活的复杂性和多样性，重视黑人南方文化在迁徙人物生存中的积极意义。美国民权运动和黑人权力运动后，莫里森的迁徙叙事成为主流。莫里森重新审视美国南方，认为南方是黑人的历史和祖先，率先讲述南方祖先故事并在其作品中再现南方。格里芬强调，莫里森不断修订迁徙叙事和南方故事，不断重构以往小说中的迁徙叙事模型，重新定义了美国文学中的爵士时代和哈莱姆文艺复兴，重新审视了迁徙带给黑人社区的影响。

格里芬的研究提出了研究迁徙叙事的术语和模型，梳理了黑人历史上丰富的迁徙叙事，分析了莫里森的《所罗门之歌》和

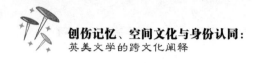

《爵士乐》中的迁徙人物，集中探讨了美国南方、北方历史对迁徙人物的不同影响。格里芬在莫里森祖先概念的基础上，创造性地提出了"作为祖先的迁徙人物"这一观点。格里芬重视并发展了莫里森提出的祖先概念，但是她主要讨论了祖先对生活在北方城市的迁徙人物的积极影响，未深入探讨迁徙人物如何在与祖先的协商过程中建构身份，也未讨论迁徙人物该如何反思美国南方奴隶制历史，找寻到祖先的遗产，践行爱与责的使命。另外，格里芬的研究主要讨论莫里森的迁徙小说《所罗门之歌》和《爵士乐》，并未涉及莫里森书写的其他迁徙小说，如《最蓝的眼睛》和《苏拉》。

另一位代表人物是劳伦斯·罗杰斯（Lawrence Rodgers）。他于1997年出版了专著《被困的迦南：美国黑人大迁徙小说》（*Canaan Bound*：*The African-American Great Migration Novel*，1997）。该书从文学批评和文学史视角出发，研究了伴随美国人种地理学研究而诞生的大迁徙小说。他在书中重新介绍了一些鲜为人知的迁徙小说，并根据迁徙小说的形式将其分为四类：早期迁徙小说、哈莱姆文艺复兴迁徙小说、20世纪30年代和40年代逃离南方的迁徙小说和大萧条以来群体迁徙小说。格里芬指出罗杰斯的研究让我们注意到迁徙主题对美国黑人作家创作的持久性影响。罗杰斯将莫里森的迁徙小说归于第四类：大萧条以来的群体迁徙小说。他从社区角度出发，指出莫里森的迁徙小说真实地表达了将不同个体连接起来的社区，强调了社区在迁徙人物生存中的重要意义。

第二类是运用对比研究方法，比较莫里森与其他作家在处理迁徙主题和建构迁徙人物身份上的异同。

克里斯廷·安妮约埃（Kristine Anne Yohe）于1997年在其博士论文《徒劳地寻找应许之地：内拉·拉森和托尼·莫里森小说中的地理与迁徙》中，比较了拉森和莫里森如何看待迁徙人物通过迁徙寻找应许之地的行为。约埃指出，与拉森对待迁徙的悲观主义态度不同，莫里森看待迁徙的态度乐观积极，认为人物可以通过迁徙拥有应许之地。约埃从身体旅行与精神发展两个维度出发，指出两位作家迁徙叙事的共通之处在于，她们在建构迁徙人物身份时使用了相同的地理术语：南方乡村、北方城镇、旅行。不难看出，约埃的研究受到了上文中提到的格里芬的影响，其研究中探讨的拉森的悲观主义小说属于怀特的悲观现实主义流派。约埃研究的亮点在于将莫里森的成长经历与其小说创作结合起来，运用迁徙小说的相关研究术语分析迁徙人物，但是她的研究集中在探讨南方历史对迁徙人物精神生存的影响，未进一步指出迁徙人物应该从南方历史中汲取力量、履行爱与责任。

1999 年，里纳·科塔里（Reena Kothari）的博士论文《迁徙与逆迁徙的隐喻：安·佩特里的〈街〉、格洛丽亚·奈勒的〈布鲁斯特广场的女人〉和托尼·莫里森的〈所罗门之歌〉研究》也采取了对比研究的方法，比较了佩特里、奈勒和莫里森的迁徙小说，指出三位作家对迁徙主题与迁徙人物的不同书写。科塔里指出《所罗门之歌》的独特之处在于莫里森重新审视南方历史，关注祖先对迁徙人物精神生存的积极意义，而佩特里和奈勒更为关注北方城市的暴力、歧视对迁徙人物的消极影响。科塔里的研究集中探讨影响迁徙人物的社会、政治、经济等外在因素，如南方乡村、北方城市、历史等，但并未深入探讨迁徙人物如何将外在因素转为内在的精神动力。除此以外，金丽珍（Yeo jin Kim）在 2015 年从黑人社区的角度比较了美国剧作家奥古斯特·威尔逊的戏剧《乔·特纳来了又走了》和莫里森的小说《天堂》，认为全黑人社区不是黑人迁徙者的天堂，不能帮助黑人抵御白人的攻击和黑人群体内部的分裂，无法帮助黑人获得完整的精神生存。

第三类研究是从后殖民主义和文化批评理论角度，探讨莫里森的迁徙小说中的反殖民主义元素。

　　哈南·阿卜杜勒拉蒂夫（Hanan Abdullatif）在博士论文《托尼·莫里森：在后殖民语境中反思过去》中分析了莫里森五部小说中的迁徙人物，指出迁徙在后殖民主义语境下的积极意义，迁徙可以让人物摆脱贫民区心态，辩证地看待传统文化，使其不管身居何处，都能清晰认识历史和家园的价值。阿卜杜勒拉蒂夫指出了文化传统和社区对苏拉等迁徙人物具有积极影响，但是该研究并未进一步深化，同时未明确迁徙人物该如何运用传统文化中的智慧。

　　第四类研究从性别等维度出发，分析莫里森笔下迁徙人物的身份建构，但是较少关注祖先和迁徙在人物身份建构中的作用。该类研究在莫里森小说研究中居于主流。

　　与上文提及的格里芬和罗杰斯结合南方文化、历史分析迁徙人物身份建构的研究不同，该类研究主要侧重分析莫里森小说中女性人物的身份建构，研究角度多样，如母亲身份、女性气质、姐妹关系和母女关系、女儿身份等。遗憾的是，该类研究主要从性别政治分析女性身份，未深入探讨迁徙在女性人物身份建构中的作用。研究莫里森小说中男性身份建构且为数不多的学者主要从妇女主义、心理学、两性关系角度研究男性人物，只有罗伯特·詹姆斯·巴特勒（Robert James Butler）注意到迁徙对男性身份的影响。他质疑学界公认的美国黑人文学是静止的这一命题，提出应当重视奴隶叙事尤其是当代黑人文学中的身体旅行和精神旅行。他还指出莫里森小说中的地点是动静结合体，并深刻评价了《所罗门之歌》中奶娃的迁徙代表的多重意义：与社区、过去建立联系，找寻自我身份，反省历史。巴特勒的研究难能可贵地关注到迁徙对个体的复杂影响，指出了迁徙人物虽然通过迁徙找寻到了身份，但是不能忽视自身的迁徙对他人造成的伤害，他在此处实际暗示了迁徙人物在追寻祖先的同时应兼顾到对他人的爱和责任。

　　总的来说，关于莫里森迁徙小说的研究主要散见于图书章节中，多采取比较研究法，在研究迁徙人物的身份建构时，这些研究存在以下问题。

　　第一，研究主要集中于探讨《苏拉》《所罗门之歌》及《爵士乐》，对《最蓝的眼睛》和其他迁徙小说如《天堂》《家》等探讨较少。

　　第二，研究者多将迁徙人物的精神困境归于南方奴隶制、种族隔离历史，认为只有莫里森提出的祖先才能帮助迁徙人物获得完整的精神生存。他们虽然指出了祖先在帮助迁徙人物走出痛苦的奴隶制、隔离历史中的重要作用，但是忽略了迁徙人物如何践行祖先智慧、获得健全身份的漫长过程。

　　第三，没有深度挖掘莫里森的祖先创作思想产生的历史、政治、文化语境，没有注意到莫里森的祖先思想在不同历史语境下的演变。在莫里森的迁徙小说中，祖先不只帮助迁徙人物面对历史、释怀痛苦、找到自我，更让他们学会去爱，去履行责任。莫里森的访谈和小说表明，她关注超越族裔、超越性别、超越国界的爱与责任。并且，莫里森的小说不只涉及个体的迁徙，还有家庭、社区的迁徙，甚至还有全球化语境下移民的迁徙。目前研究中只有阿卜杜勒拉蒂夫的博士论文将莫里森的迁徙小说放在更宽阔的全球语境下进行思考，系统论证了迁徙人物对待文化传统应采取的辩证态度。但是，其研究并未指出莫里森的祖先概念产生的历史语境与发展演变，也未提出迁徙人物如何将祖先思想化为己用，更没有联系莫里森的创作思想说明爱与责任的重要性。

三、国内莫里森迁徙叙事的研究现状

　　国内对莫里森小说的研究已经有 40 年的历史，最早可追溯到董鼎山先生 1981 年在《读书》杂志上发表的《美国黑人作家

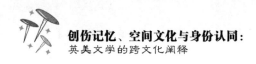
的出版近况》① 一文，该文论述了莫里森在美国文学界的重要地位。20 世纪 90 年代，研究莫里森小说的中国学者队伍不断壮大，研究成果不断出现，为 21 世纪研究莫里森小说奠定了良好的基础。

近十几年来，中国学者对莫里森小说的关注度不断增加，研究水平不断提高，出版了多部专著，如焦小婷的《多元的梦想——"百衲被"审美与托尼·莫里森的艺术诉求》、王烺烺的《托妮·莫里森〈宠儿〉、〈爵士乐〉、〈天堂〉三部曲中的身份建构》、赵莉华的《空间政治：托尼·莫里森小说研究》、赵宏维的《托妮·莫里森小说研究》、王玉括的《莫里森研究》、荆兴梅的《托妮·莫里森作品的后现代历史书写》和毛艳华的《托尼·莫里森小说中的母性研究》。

与国外学界相比，国内学界对莫里森的迁徙小说与迁徙人物身份建构关注较少，相关文献数量较少，主要散见于一些博士论文的章节和期刊文章中，这些研究可以分为以下几类。

第一类研究从迁徙叙事角度解读莫里森的小说，其中最具代表性的是田俊武和张扬的《回归之路——托尼·莫里森小说中的旅行叙事》。②

该文的亮点在于指出莫里森的旅行叙事与美国主流文学在主题和叙事结构方面具有同构性，区分了莫里森旅行叙事中男女主人公的回归之旅的异同。该文认为，回归并认同黑人社区和集体是迁徙人物获得精神生存的出路。该文主要是从与美国主流文学比较的视角出发，分析黑人迁徙人物的精神回归，以及莫里森迁徙叙事的不同之处。另外，吴蕾的文章《托妮·莫里森〈柏油孩

---

① 董鼎山：《美国黑人作家的出版近况》，《读书》，1981 年第 11 期，第 91～98 页。

② 田俊武、张扬：《回归之路——托尼·莫里森小说中的旅行叙事》，《当代外国文学》，2016 年第 4 期，第 132～138 页。

子〉中家的建构》分析了莫里森迁徙叙事《柏油孩子》中动态的迁徙意象，指出莫里森旨在说明现代黑人找寻家园过程中遭遇的失落与艰辛。① 罗新平是迄今为止唯一一位将莫里森的迁徙叙事作为学位论文选题的学者。其硕士论文以《爵士乐》为研究对象，指出莫里森对黑人融入城市持有乐观态度，认为"促进交流，铭记祖先和过去是黑人移民适应城市生活的一剂良药"②。罗新平的研究指出，迁徙人物的身份建构受到南北城乡环境矛盾与夫妻情感矛盾的影响。但是，该研究只选择单部小说作为研究对象，得出的结论过于片面简单，其研究的广度和深度需要进一步强化。韩秀的文章《从旅行书写视角审视莫里森作品〈家〉中的回归之旅》从迁徙叙事角度，审视莫里森小说《家》中主人公的回归之旅，指出莫里森关注逆迁徙，眷恋美国南方，重视家园和社区在美国黑人生存中起到的作用。③ 韩秀的研究主要是从美国南方文化出发，分析南方家园、社区在迁徙人物身份的建构。

　　第二类研究是从身份建构角度分析莫里森的小说，其中个别期刊论文和学位论文的相关章节涉及迁徙叙事。

　　王烺烺 2007 年的论文《托妮·莫里森〈宠儿〉、〈爵士乐〉、〈天堂〉三部曲中的身份建构》，分析了莫里森如何在《宠儿》《爵士乐》《天堂》三部作品中将美国黑人的身份建构与重现回忆、历史和叙事紧密联系起来，由被想象的他者转化为自主选择

　　① 吴蕾：《托妮·莫里森〈柏油孩子〉中家的建构》，《南华大学学报（社会科学版）》，2012 年第 5 期，第 129~131 页。
　　② 罗新平：《迁徙叙事视域下的〈爵士乐〉解读》，湖南师范大学，2014 年，第 3~4 页。
　　③ 韩秀：《从旅行书写视角审视莫里森作品〈家〉中的回归之旅》，《英美文学研究论丛》，2017 年第 1 期，第 182~191 页。

的主体。① 该论文的第三章从迁徙角度讨论了黑人移民②在建构身份过程中涉及历史与现实、南方与北方、乡村与城市、个体与集体的协商。该文指出，莫里森通过解构黑人民族"他性"、重现历史，尤其是通过打破极化政治，挑战单一身份认同概念，让黑人民族发声。王烺烺的研究采用的是后殖民主义理论，强调莫里森对黑人民族"他性"、单一身份认同观念的批判与重写。另外，许庆红和王巧的《记忆·旅行·追寻——论莫里森〈宠儿〉中的历史、文化和自我意识》分析了莫里森小说中人物如何通过文化旅行，借助非洲神话、名字、黑人音乐等实现自我身份，分析了源于非洲的美国黑人文化对于当代黑人的积极影响③。

第三类研究是从空间叙事和空间理论分析莫里森的小说，其中部分研究涉及迁徙叙事。如，2010 年，胡妮的论文《托妮·莫里森小说的空间叙事》探索了莫里森作品中的空间叙事类型、空间意象的叙事功能和空间叙事策略，指出"南方乡村和北方城镇构成了莫里森小说中的两类大的生存空间，为小说人物的生存和发展提供了多样化的物理环境"④。胡妮的研究归纳了莫里森小说中的空间叙事策略，同时结合文本分析了莫里森处理空间的技巧，但其分析主要是进行定量、定性的空间叙事批评，不是专注于分析黑人迁徙叙事传统。又如，2013 年，赵宏维的论文《他者空间——托妮·莫里森小说研究》从他者概念和列斐伏尔

---

① 王烺烺：《托妮·莫里森〈宠儿〉、〈爵士乐〉、〈天堂〉三部曲中的身份建构》，厦门大学，2007 年。

② 王烺烺在论文中使用"移民"指代美国大迁徙时期黑人迁徙者（migrant），这一译法有待商榷。考虑到美国黑人是以美国人的身份在美国国内进行地理上的迁移，笔者认为译为"迁徙者"更妥。

③ 许庆红、王巧：《记忆·旅行·追寻——论莫里森〈宠儿〉中的历史、文化和自我意识》，《合肥工业大学学报（社会科学版）》，2013 年第 6 期，第 77～82 页。

④ 胡妮：《托妮·莫里森小说的空间叙事》，上海外国语大学，2010 年，第 38 页。

的空间理论探讨了莫里森的空间书写，旨在强调社区，尤其是黑人女性在美国黑人身份建构中的重要性。赵宏维在研究中讨论到黑人迁徙的历史背景，认为莫里森"在描绘美国黑人走向城市时，大多带着对城市较为消极的看法"①，更关注城市到乡村的逆迁徙。但是，结合美国黑人迁徙叙事传统、莫里森的访谈录和创作思想，我们发现莫里森对待城市的态度不只消极，而且复杂。莫里森固然肯定南方对黑人的积极影响，但她肯定南方并不意味着否定北方城市的积极作用。她之所以书写从北向南的逆迁徙，不是为了揭示北方城市对迁徙人物的消极不利影响，更不是为了召唤迁徙人物回到南方（莫里森、莫里森父母，还有小说中很多人物都未返回南方生活），而是想要彰显与黑人生存息息相关的祖先思想，旨在说明迁徙人物的精神完整取决于他们能否反思历史，珍视祖先留下的历史与文化，追求爱与责。可见，我们需要结合莫里森的创作思想，进一步发展对莫里森迁徙叙事的研究。

第四类研究将美国黑人迁徙历史作为背景，分析莫里森小说中的迁徙人物。

那娜的《从断层到传承——解读〈爵士乐〉》指出从乡村到城市、从南方到北方的地理重置，对迁徙人物造成了心理冲击，只有依赖传统文化、社区和自我抗争才能获得完整生存。② 又如，荆兴梅的《移民潮和城市化——莫里森〈爵士乐〉的文化诠释》从移民潮和城市化历史出发，将北方城市空间纳入研究视野，审视新黑人的认同危机，指出南方乡村具有疗伤功能，但这

---

① 赵宏维：《他者空间 ——托妮·莫里森小说研究》，南京大学，2013 年，第 29 页。

② 那娜：《从断层到传承——解读〈爵士乐〉》，《语文学刊（外语教育与教学）》，2009 年第 1 期，第 98~99 页。

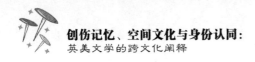

种救赎作用是动态的，并不具备永恒性，族裔文化才是立足之本。① 两位学者都意识到迁徙历史对莫里森创作的影响，荆兴梅甚为深刻地分析了莫里森笔下的"南方"对迁徙人物的影响。两位学者主要从迁徙、城市化历史角度出发，分析黑人传统文化迁徙人物身份建构中的意义。

四、小结

综合以上国内外文献可以看出，莫里森小说的迁徙叙事研究是近十几年发展起来的新兴研究领域，具有一定前沿性，但是研究的广度和深度明显不足。

第一，从迁徙叙事角度解读莫里森作品的著述较少，研究对象集中于少数几部小说，至今尚未出现整体性和系统性研究莫里森迁徙小说的论著。国外仅有的两本关于黑人迁徙叙事研究的专著，限于出版时间，主要关注莫里森的早期作品《所罗门之歌》和《爵士乐》。

第二，结合莫里森本人的创作思想分析迁徙人物身份建构的研究，数量明显不足，并且研究角度过于片面单一。这一类研究主要关注南方历史、南北城乡矛盾给迁徙人物带来的困扰，强调莫里森的祖先思想在迁徙人物身份建构中的积极作用，忽视了迁徙人物在建构身份过程中的能动作用，即迁徙人物在与祖先协商的过程中反思南方历史，理解祖先遗产，践行祖先传授的爱与责。

第三，现有研究很少结合莫里森小说的创作背景研究莫里森的迁徙小说。莫里森的迁徙小说创作背景丰富多样，时间跨度从美国南北战争后到20世纪美国民权运动后长达100余年，空间

---

① 荆兴梅：《移民潮和城市化——莫里森〈爵士乐〉的文化诠释》，《英美文学研究论丛》，2016年第1期，第214~225页。

跨度从美国南方到美国北方、美国西部、加勒比海、巴黎、朝鲜，遍及全球。因此，结合小说的创作背景和文化语境研究莫里森的迁徙小说，会勾勒出不同时期、不同视角下迁徙人物身份建构的地图。

鉴于以上总结，笔者认为，今后的莫里森迁徙叙事研究需要兼顾莫里森前期和后期的作品，所选择的小说文本需要涵盖不同历史时期、不同文化语境。学者可采取黑人个体、黑人家庭、黑人社区和全球化多个维度，研究迁徙人物的身份建构过程。就具体实施方案，可以从以下几个角度进行。

首先，采用格里芬等学者提出的黑人迁徙叙事理论和后殖民主义理论中的关于迁徙问题的研究，继续深入挖掘格里芬等学者提出的迁徙人物身份在南方乡村、北方城市、历史与现在、记忆与遗忘等张力中的建构。

其次，将莫里森的创作思想纳入小说文本的分析中，批判并发展格里芬提出的"作为祖先的迁徙人物"观点，提出迁徙人物只有践行祖先的爱与责，才能建立完整的身份。其中弗洛伊德的精神分析、拉康的三界理论，尤其是创伤、记忆与历史范畴的研究成果，可以纳入莫里森的创作思想和迁徙小说研究中。在此基础上，深入解读莫里森的记忆及再记忆思想，丰富学界现有的创伤、记忆研究。

再次，结合莫里森小说的创作背景，探讨迁徙人物如何在不同文化语境中（如后民权时期、爵士时代、重建结束时期等），从不同维度（如个体、家庭、社区等）与祖先历史协商，进行身份建构。历史是莫里森迁徙小说创作的脉络与框架，脱离历史的迁徙小说解读是不完整、不全面的。将美国社会、黑人历史的变迁纳入迁徙小说解读中，文史结合，可以拓展现有的莫里森迁徙小说研究。

最后，结合美国黑人迁徙叙事传统，指出莫里森改写黑人迁

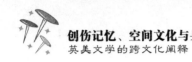

徒叙事。不同于以往作家只关注南方历史、北方城市、南北矛盾，莫里森更为关注迁徙人物复杂的内心世界，书写了比事实、真理更为真实的迁徙小说。美国文学、美国黑人文学、黑人迁徙叙事是莫里森迁徙小说诞生的文学框架与背景。从文学的历时演变中，给莫里森的迁徙小说定位，指出其小说是对前人的继承、扬弃与发展，可以从文学史角度深化对莫里森迁徙小说的研究。

结合以上对莫里森迁徙叙事研究的回顾与总结，本章接下来从迁徙、记忆与身份建构视角重读《最蓝的眼睛》和《所罗门之歌》，挖掘以往研究中忽略的迁徙历史对迁徙人物记忆与身份的影响，以及迁徙人物通过个体、家庭记忆，来积极重构美国黑人历史，重建种族身份、文化身份的创造性过程。本章基于迁徙历史与记忆的全新视角解读莫里森的迁徙叙事，揭示莫里森对黑人历史、黑人文化的深刻剖析，以及对黑人文学、黑人身份建构的杰出贡献。

第二节　迁徙与记忆
——解读《最蓝的眼睛》中佩科拉的悲剧

《最蓝的眼睛》（*The Bluest Eye*，1970）是莫里森的第一部作品，历时 5 年完成。该小说主要讲述 11 岁的黑人小女孩佩科拉为了博得众人宠爱，向上帝祈求拥有一双蓝眼睛，然而却被人诱骗，步入疯癫的悲剧故事。小说围绕佩科拉祈求蓝眼睛的主题，采用黑人社区不同人物的视角进行讲述，让读者看到佩科拉的悲剧不只是黑人女孩追求外表美丽的简单故事，而是蕴含着深刻的历史、政治、文化内涵。莫里森希望通过该小说揭示黑人社区、美国社会是造成佩科拉悲剧的元凶，而参与迁徙历史的黑人人物，他们的迁徙记忆在很大程度上也是压死佩科拉的稻草，将其推向悲剧的悬崖之下。

小说中佩科拉的遭遇令人痛惜，大量学者撰文对其悲剧进行了深入探讨。国内学者主要将佩科拉的悲剧归因于美国资本主义社会中白人文化的负面影响：小女孩受白人文化意识形态宣传的白人美的影响，以为拥有白人童星秀兰·邓波儿一样的蓝眼睛，就可以拥有父母的关爱，老师、同学的尊重和邻里的爱怜；白人文化的冲击让黑人女孩放弃了黑人文化，迷失了自己，陷入困惑和错乱。如，胡俊的研究关注小说中黑人人物的自我憎恨心理，认为内化主流白人文化价值标准，以及放弃黑人的文化身份，对黑人造成了最大的伤害。孟庆梅和姚玉杰的研究指出，强势的白人文化导致黑人民族文化身份的缺失是造成悲剧的根源。包威的研究从美国黑人文化异化的角度，探析强势的白人文化侵袭弱势的黑人文化，导致黑人之间的异化和自我的异化，丧失了自我文化意识。国内学者主要关注文化霸权导致佩科拉的身心遭受双重折磨。与国内研究者相比，国外学者的研究不局限于白人文化对佩科拉的影响，而是从多种角度分析了佩科拉的悲剧。例如，特鲁迪埃·哈里斯（Trudier Harris）认为佩科拉父母不幸的婚姻、冷漠的家庭生活、白人文化占据主流的错误的价值观造成了小女孩的悲剧。马克·C. 康纳（Marc C. Conner）系统总结了莫里森所有作品中个人与社区的关系，将佩科拉的悲剧归于黑人社区对她的孤立和伤害。多瑞塔·德拉蒙德·姆巴利亚（Doreatha Drummond Mbalia）专门分析了莫里森创作生涯中的阶级意识，指出经济上的贫困让佩科拉更容易沦为资本主义经济制度的牺牲品。丽莎·A. 朗（Lisa A. Long）从美国中西部文化和文学传统出发研究该小说，指出佩科拉的父母在南方的经历与佩科拉在中西部生活之间存在矛盾，造成了佩科拉的精神分裂。除此之外，还有学者研究小说中的父女关系，指出佩科拉的父亲乔利是白人至上主义的牺牲品，无力养家糊口，无法履行作为父亲的职责，自暴自弃，并将自己遭受的伤害转嫁女儿。由此可见，相对

于国内单一的文化研究视角,国外的研究视角更为多样和全面。

莫里森看似在书写黑人小女孩佩科拉的悲惨经历,实则是以小见大,让读者见微知著——借助黑人生活的细节,剖析悲剧形成的原因,即佩科拉为何希冀得到蓝眼睛,其愿望为何得以"实现"的美国社会图景。因为,佩科拉的悲剧,貌似源于一个青春期的小女孩受白人文化影响,渴望拥有蓝眼睛,实则是源于 20 世纪 30 年代的美国政治、历史、社会、文化环境,以及黑人社区中普通黑人因种族歧视、工作短缺而遭遇的物质生活困窘,精神焦虑,身份迷失。《最蓝的眼睛》故事发生在 1941 年,地点是莫里森的故乡俄亥俄州的洛雷恩镇(Lorain,Ohio)。小说中的黑人是"大迁徙"历史的产物,佩科拉的父母均来自美国南方,社区中的其他人也主要是从南方迁徙而来,佩科拉的成长深受这些南方来的迁徙人物的影响。因此,本书从与佩科拉的生活息息相关的迁徙人物入手,探究他们从美国南方到美国北方的迁徙,他们对于南方的记忆在佩科拉悲剧中起到的重要作用,以及莫里森在该小说中对迁徙、记忆与黑人身份建构的思考。

一、迁徙人物的记忆和佩科拉的悲剧

小说在开篇别具匠心地采取成年克劳迪娅的叙述视角。克劳迪娅回忆了 1929 年至 1933 年美国经济大萧条后,迁徙在北方的底层黑人生活的贫困。他们家住的房子冬天又旧又冷,屋子里充满黑暗、蟑螂和老鼠;克劳迪娅生病了,担心由于生病增加家庭负担,她的母亲会生气,但她并不是"对我生气,而是对疾病生气"[①];他们租房给亨利先生,以此缓解家庭负担。所以,当县里安排无家可归的佩科拉在克劳迪娅家借住几天时,克劳迪娅的

---

① 莫瑞森:《最蓝的眼睛》,陈苏东、胡允桓译,南海出版公司,2005 年,第 6 页。

母亲心里不悦，不停唠叨，抱怨佩科拉竟然喝掉三夸脱牛奶。与克劳迪娅家相比，佩科拉的家几乎处于赤贫状态。一家人租住在废弃的库房里，他们没有给家里留下任何温情和值得回忆的东西，有家具却不对家具加以护理，正如他们拥有家人却不了解家人——父母冷落彼此，冷落孩子。母亲波琳憎恶自家的房子，认为自己家的房子肮脏，转而向往雇主白人家明亮宽敞的大房子。父亲乔利也无心改善家庭的窘境，最终，醉酒的乔利一把火烧了房子。乔利和波琳由于没有接受良好的教育，只能在北方从事低收入的工作，无法给家人提供体面的生活，造成了一家人生活在困窘之中。这一时期，迁徙到北方的黑人的工作基本局限于工薪阶层，主要靠出卖劳力获取报酬，维持生计。可见，经济上的贫困严重影响了乔利的婚姻幸福和子女的健康成长——他们打架吵架、折磨彼此，儿子选择离家出走，年幼的佩科拉只能尝试用各种方式忍受。

另外，乔利和波琳深受南方历史记忆的困扰，无法履行做父母的职责。乔利出生后第四天就被母亲遗弃，父亲也找不到，只能由姨婆吉米独自抚养长大。他的第一次性行为是在两个白人的强迫与嘲笑下完成的。他既气愤又烦躁，不敢怨恨白人，只好把怨恨都洒向女朋友达琳。由于意识到达琳可能会怀孕，他决定远走高飞，尽管知道"抛弃一个怀孕的女孩子是错误的，并怀着同情心想起他父亲就是这么做的"[1]。十四岁的他还是决定离开达琳，离开故乡，去寻找父亲。他到达了佐治亚州的麦肯（Macon，Georgia），找到了未曾谋面的父亲。然而，父亲非但不认他，还赶他走。姨婆的去世，白人的侮辱，父亲的拒绝，让乔利成为一个无法无天的"自由人"。他感兴趣的只有身体的欲

---

① 莫瑞森：《最蓝的眼睛》，陈苏东、胡允桓译，南海出版公司，2005年，第97页。

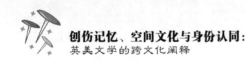

望，身体的感官。在肯塔基州，与波琳的相处唤醒了他，他的心中燃起了与波琳建立家庭的渴望。然而，由于从小没有建立起与父母的亲情关系，他根本无法理解亲情关系的本质，结果他的生活不但没有因为婚姻而改善，反而因婚姻而雪上加霜。对于孩子，乔利束手无策，自由且危险的他只知道依据自己的感觉对他们做出反应。当醉醺醺的他看着十一岁的女儿那么胆怯，那么不快乐，便想到了初恋女友达琳及记忆中的耻辱，认为强暴女儿这样的成功之举可以让他摆脱屈辱，获得自尊，得到女儿的爱戴与微笑。他在"混淆了亲情与爱欲的情况下，做出了对自己女儿最大的伤害"①。

乔利摆脱不了南方个人创伤记忆，来到北方的他成为人父后，将创伤传递给子女，造成了家庭的创伤。这种家庭记忆又形成佩科拉理解个体经历的集体框架。如果说父亲乔利伤了佩科拉的身体，那么母亲波琳则进一步摧毁了她的心灵。波琳来自阿拉巴马州，从小的脚伤让她自卑。乔利的出现让她"第一次感觉到她的坏脚是一种资本"②，她很快爱上乔利，坠入甜蜜的爱河。婚后他们迁徙到北方俄亥俄州的洛雷恩镇上。波琳找到了工作，成为受白人认可的理想用人。她全身心投入白人费舍尔家的大房子上。为白人服务，她可以享受虚妄的权利、虚荣的赞许、奢侈的生活。波琳越来越厌恶自家肮脏的库房，不再收拾自己的家，对孩子和丈夫也置之不理。当馅饼的糖浆溅到了佩科拉的腿上，波琳不是关心自己的女儿是否烫伤，而是心疼白人家的地板。她的所作所为深深击垮了佩科拉。另外，波琳受电影中宣传的白人美的影响，以白人的审美标准衡量周围每一个人。所以，她生下

---

① 陈许、陈倩茜：《女性、家庭与文化——托妮·莫里森〈最蓝的眼睛〉主题解读》，《当代外国文学》，2014 年第 4 期，第 127～132 页。

② 莫瑞森：《最蓝的眼睛》，陈苏东、胡允桓译，南海出版公司，2005 年，第 74 页。

佩科拉的第一反应是将佩科拉与白人婴儿做比较，认为呱呱坠地的佩科拉肤色黝黑，极为丑陋。

乔利走不出被南方白人屈辱的记忆，波琳盲目追求白人的主流文化，加之生活的贫困，他们整日吵架，漠视家人，没能给佩科拉提供温暖的家庭环境。莫里森在小说中塑造的乔利与波琳，使人联想到美国黑人作家詹姆斯·鲍德温（James Baldwin）早先在《向苍天呼吁》（*Go Tell It on the Mountain*，1953）中刻画的父亲加布里埃尔（Gabriel）形象。由于对南方的种族歧视忍无可忍，加布里埃尔北迁到纽约的哈莱姆黑人区。他历经坎坷终于在北方立足，成为黑人教堂的执事。但是受南方记忆的困扰，加布里埃尔对妻儿冷漠苛刻，禁止两个儿子与白人的一切接触。他的行为阻碍了孩子的心理成长，差点毁灭了孩子的前程。可见，南方的记忆如影随行般困扰着生活在北方的迁徙人物，这种负面影响还进一步波及迁徙人物的后代。佩科拉父母在南方的记忆显然在女儿的成长过程中起到了重要作用，他们对女儿的冷漠促使佩科拉加剧了对蓝眼睛的渴求。

二、迁徙社区与佩科拉的悲剧

迁徙人物居住的迁徙社区也影响了佩科拉的成长，促使了其悲剧的发生。比如，社区中的黑人中产阶级人物格拉尔丁来自阿拉巴马州的莫比镇（Mobile，Alabama），浅棕肤色，受过良好的师范教育，举止优雅，住在黑人居民区的大房子里。和其他黑人女性不同，浅棕色的格拉尔丁既不烦躁，也不焦虑，像蜀葵一样又细又高，随风摇曳。她会"充满深情地说出自己家乡的地名"，也许是因为她"没有自己的家乡，只有出生地"。[①] 格拉尔

---

① 莫瑞森：《最蓝的眼睛》，陈苏东、胡允桓译，南海出版公司，2005 年，第53 页。

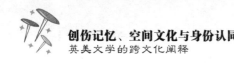

丁虽然出生在南方，但是她并不了解南方的历史和黑人在南方的苦难经历。她崇尚白人主流文化，一味地追求物质的满足。对于孩子，她只是满足孩子的物质需求，从来不和孩子有亲密的语言交流和身体接触。并且，她向孩子灌输白人主流社会的价值观，给孩子解释有色人种和黑人之间的区别，只允许孩子和白人孩子玩。所以，当她看见"又黑又丑"，穿着破旧裙子的佩科拉出现在她漂亮的房子里时，不是指责儿子欺负佩科拉，而是呵斥赶走"小黑丫头"佩科拉。因为佩科拉的出现，让她回忆起在南方莫比镇看到的"苍蝇"般穷苦黑人家的小女孩，让她不得不面对中产阶级的虚荣、内心深处的脆弱，以及一直不敢正视的黑人身份。这位"漂亮的浅棕色皮肤的太太"对佩科拉的打击，像冬天的"冷风"一样寒冷。富有的格拉尔丁对贫穷的佩科拉的鄙视，反映了"大迁徙"时期愈演愈烈的黑人社区内部的分化。大迁徙时期黑人中产阶级和厌恶和隔离下层阶级的黑人，中产阶级的格拉尔丁鄙视和厌恶佩科拉，让佩科拉误以为其外表是格拉尔丁漠视自己的主要原因。格拉尔丁的举动加剧了佩科拉对蓝眼睛的渴求，满怀自卑与失落的她将希望寄托于帮助众人实现梦想的社区牧师。

但是社区里的牧师皂头并没有帮助佩科拉，而是利用她对蓝眼睛的渴求满足自己的权欲。半生穷困潦倒的皂头来到洛雷恩镇，谎称自己是牧师，为社区的人们提供心理咨询。当佩科拉走投无路，抱着最后一线希望，祈求牧师让她的眼睛变为蓝色时，牧师首先做的不是安慰思想误入歧途的未成年人，而是误导佩科拉，满足他自己"有权有势"的感觉。他给她毒药，让她去喂那只他讨厌已久的老狗，告诉她如果狗的反应有异常，她的愿望就会实现。结果，狗被毒死，佩科拉变疯了，牧师以优美的文笔给上帝写了一封信，告诉上帝他创造了"奇迹"，给了佩科拉梦寐以求的"蓝眼睛"。

不幸的佩科拉被父亲强奸并怀孕，社区的邻居诅咒她生下来的孩子一定是"世界上最丑的孩子""能活下来倒是个奇迹了"[①]。面对周围的种种伤害，佩科拉无力还击，以为拥有一双像秀兰·邓波儿一样的"蓝眼睛"，或者吃了印有白人女孩头像的玛丽·珍糖，变成玛丽·珍，周围的人就会对她另眼相看，父母就会疼爱她，老师和同学就会喜欢她。殊不知，作为一个十一岁的黑人小女孩，由于在社会中处于性别、年龄、阶级的最边缘地带，她已沦为父母和社区人们的替罪羊，成为他们对生活各种不满的发泄对象——他们把"废弃之物"倾倒给她，把她"当做磨刀石使自我更为锋利，对比她的懦弱来丰富自身的品格"[②]。黑人社区将佩科拉的美丽据为己有，不断消耗她的美丽，将丑陋倾倒给她，无助的她只有无奈接受。他们以为佩科拉的丑陋可以衬托他们的美丽。但是，他们的行为如此卑劣，他们真的"美"吗？莫里森在此处对黑人社区的批评，可以延伸到对整个美国历史的批评。因为，白人男性主导的美国历史建立在奴隶制基础上，而丑化黑人，美化白人，剥削黑人，是奴隶制建立的根基。直至在莫里森写作的 20 世纪 60 年代末，在美国奴隶制废除的200 余年后，美国民权运动结束之后，白人主流文化依然左右着黑人的日常生活。佩科拉的遭遇只是其中的一个缩影。

三、对佩科拉悲剧与迁徙人物身份建构的反思

除了将黑人边缘化的白人文化，还有迁徙人物的"罪恶"，一步一步将佩科拉逼向绝望的深渊。小女孩的个人悲剧，也是迁徙人物的悲剧。迁徙人物虽然身处北方城市，但他们无法摆脱南

[①]　莫瑞森：《最蓝的眼睛》，陈苏东、胡允桓译，南海出版公司，2005 年，第120 页。

[②]　莫瑞森：《最蓝的眼睛》，陈苏东、胡允桓译，南海出版公司，2005 年，第133 页。

方奴隶制的记忆和重建后的创伤，南方历史和记忆深深影响了他们在中西部的生活。他们无法释怀创伤记忆，甚至将创伤传递给下一代，形成创伤的循环往复，造成个人和家庭的悲剧。那么，如何才能把迁徙人物从苦难的记忆与"罪恶"中救赎出来？莫里森认为，只有南方历史中的祖先才能救赎他们。祖先包括南方的黑人长者，历史、记忆、宗教、音乐等，会给予小说人物慈爱、教导、保护和智慧，决定着他们的成功和幸福。否认与逃避祖先会让迁徙者在北方的生活不完整，失去希望，最后像乔利一样自暴自弃，毁灭家庭。鲍德温笔下的加布里埃尔救赎的成功，很大程度上在于他能勇敢正视南方的历史，以及自己对他人的伤害。他选择融入黑人教堂的大集体，在回忆中不断向上帝忏悔，痛改前非。黑人宗教是拯救了加布里埃尔的南方祖先。从小说中不难发现，乔利和波琳关于南方的记忆中也有治愈他们的祖先。

姨婆吉米和车夫布鲁·杰克是乔利的南方祖先，乔利关于他们的回忆是快乐而美好的。乔利对于吉米的回忆总是充满爱心，想起吉米"从自己的碗里拣出一块熏猪蹄给他吃，乔利难受得心都要碎了"[①]。乔利喜欢布鲁，布鲁会跟他讲有关黑奴解放宣言的故事，讲黑人如何庆祝解放，表达对自由的喜悦之情等。和布鲁一起坐在草地上分享西瓜的瓜心，是乔利最甜蜜的记忆。但是，来到北方的乔利，由于被资本主义白人主流社会排斥，找不到养家糊口的工作，陷入生活的贫困，进而酗酒度日以摆脱生活中的烦恼。另外，他也没有将目光转向故乡找寻维持生活的精神力量和祖先文化，完全将南方抛在了脑后，忽视了南方祖先的关爱与传授的智慧，没有将祖先的遗产带给家庭成员，传递给女儿佩科拉。

---

① 莫瑞森：《最蓝的眼睛》，陈苏东、胡允桓译，南海出版公司，2005年，第102页。

波琳的记忆中也有一位南方祖先。黑人教堂唱诗班的妇女艾维，她的歌声里包含了波琳所有的喜怒哀乐。她歌唱波琳的甜蜜之情，歌唱波琳向往的心上人。但是，波琳来到北方后，去的教堂与南方的教堂不同，那里不允许大声喧哗，不允许黑人表达内心热烈的情感。美国南方的黑人宗教是黑人奴隶获得精神自由的武器。在教堂里，黑人灵歌、布鲁斯音乐、大喊大叫可以帮助他们排解内心的郁结，给他们的生活提供了无限的可能性。可以说，黑人宗教是黑人生存及黑人文化得以代代传承的重要载体。可是，波琳等黑人迁徙到北方城市，面对的是陌生的教堂和宗教。在北方的教堂里，他们不能尽情大喊宣泄情感，释放心中的压抑来表达对生活的不满。与黑人宗教的疏远，象征着他们与南方黑人祖先及南方文化的渐行渐远，预示着迁徙者在迁徙过程中虽然获得工作和收入，但是却失去了表达自我、表达人性的重要工具。另外，教堂也是黑人集体生活的重要平台。北方教堂不仅仅造成黑人个体与宗教的疏远，还导致黑人与其他黑人、整个黑人社区的疏离。失去教堂音乐这一表达自我情感，建立与群体之间纽带的重要载体，波琳坠入沉默的谷底，潜意识被不断压抑，最后患上了精神分裂症。另外，在北方城市居住时间越来越久，白人主流的商业文化已经渐渐同化了波琳。为了避免社区黑人妇女嘲笑她着装土气，头发卷曲，她决定去工作，而她工作的目的是花钱买衣服。但悲哀的是，波琳并不在乎外在的打扮。她装饰外表，只是想得到社区黑人女性赞许的目光。北方生活的异化，使波琳遗忘了南方的老家和祖先，无法将祖先的智慧传授给子女；商业文化的异化使她崇尚物质和白人审美文化，鄙视女儿的黑皮肤，漠视女儿的感受，进而将女儿推向了深渊。

遗憾的是，乔利、波琳没有记住南方历史中的祖先，他们忘却了祖先，失去了救赎的机会，结果沦为白人主流文化中的他者，陷入困境与人格分裂，导致了佩科拉的悲剧。乔利和波琳的

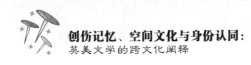

创伤，在家庭中经过代际传递，不断循环往复，没有休止。创伤事件只有经过叙述，其伤痛程度才会逐渐降低。远离南方乡村，来到北方都市的迁徙者面临南方文化消解、黑人内部贫富差距加大的局面，他们再一次遭遇了新的创伤。新伤加旧伤，迁徙者不断被北方白人主流的社会和文化边缘化，陷入无法言说的困境。

相反，祖先的在场，让出生在贫困家庭的佩科拉的朋友克劳迪娅和弗里达得以身心健康地成长。在克劳迪娅的回忆中，她的母亲就是南方祖先的化身，唱的南方布鲁斯是一家人贫苦生活中的慰藉。母亲的歌声诉说艰难的岁月，使克劳迪娅"相信悲痛不仅是可以忍受的，悲痛也是甜蜜的"①。母亲悠扬婉转的歌声透露出的积极品质，培养了克劳迪娅坚强乐观的精神。克劳迪娅仇恨白人童星秀兰·邓波儿，她不钟爱白人娃娃，甚至摧毁白人娃娃，她也讨厌白人女孩。克劳迪娅不因黑色肤色自卑，不认为佩科拉丑陋，反而认为丑陋源于自身的信念。在佩科拉因为怀孕被社区邻居冷嘲热讽之时，克劳迪娅和姐姐决定放弃买心仪已久的自行车，把钱埋在地下，祈祷佩科拉的孩子平安出生。克劳迪娅的母亲将南方祖先的智慧带到了北方，滋养着家庭，这也是莫里森在作品中一直致力于表达的思想：为黑人社区找回祖先的智慧。克劳迪娅和姐姐有了象征黑人文化的母亲的庇护，在沉默之中找到了言说沉默的语言。她们的声音是对抗资本主义社会白人主流文化的利器，颠覆了白人文化宣传的观念，破坏了代表白人文化的洋娃娃。她们的生活与佩科拉一家一样苦楚，但是家庭记忆及家庭环境营造了一个充满爱意的空间。这个空间帮助她们讲述个人的创伤经历，在讲述中降低了创伤导致的痛苦。记忆与创伤不仅不会异化、伤害她们，而是通过被叙述后，具有了积极作

---

① 莫瑞森：《最蓝的眼睛》，陈苏东、胡允桓译，南海出版公司，2005年，第16页。

用。虽然物质的匮乏困扰着克劳迪娅和姐姐的童年，但是，姐妹俩丝毫没有被苦难征服；相反，温馨的家庭、祖先的智慧扫走了贫困生活的消极影响，并给予她们勇气，去对抗男孩们的欺凌、白人女孩的歧视。所以，她们有足够的能力去爱惜自己，甚至关爱被社会边缘化的佩科拉。从姐妹俩的成长经历中，我们可以看到南方文化和记忆对北方黑人迁徙人物的积极作用。

祖先不仅包含南方的歌声，还包括黑人家庭日常生活中讲述的南方故事。在莫里森的第三部小说《所罗门之歌》中，主人公奶娃为摆脱北方黑人生活的精神困境，受姑姑派拉特讲述的南方祖先"所罗门"故事启发，从北方回南方，找寻祖先的遗产，发现祖辈的荣光，获得黑人文化的自信，创造了振奋人心的黑人新故事。祖先的音乐和故事也指引着莫里森，让从小生活贫穷的她从不感觉低人一等，反而像个贵族一样，健康茁壮地成长。

四、小结

乔利和波琳等迁徙人物无法正确认识南方历史，遗忘了历史中的祖先，受制于历史中的痛苦记忆，加之北方生活的困窘，造成了佩科拉的悲剧性结局。莫里森关注美国文学家未曾着墨的黑人小女孩，用细腻的文笔书写小女孩追求美丽的悲剧。莫里森扮演着历史的见证者，见证迁徙人物在北方的物质和精神困境，并铭记黑人过去的历史，强调南方祖先在黑人生存中的救赎作用。小女孩追求"美"的悲剧，只是美国黑人迁徙时代的一个缩影。迁徙时代黑人的社会生活变迁，尤其是迁徙人物的痛苦记忆，黑人群体内部的阶级分化，把弱小的佩科拉一步步推向悲剧的深渊。在该部小说中，莫里森不仅批判迁徙时代和黑人社区，还暗含对整个美国社会、美国历史的审视与批判。奴隶制的遗毒并未根除，商业流行文化助长了白人文化的威力，将白人性（whiteness）毒素渗透黑人日常生活的方方面面。种族主义的消

除之路任重而道远。所幸的是，我们透过佩科拉的悲剧经历也看到了一丝希望。黑人祖先文化赐予黑人生存的曙光、生活的希望。所以，莫里森在小说中不仅书写克劳迪娅姐妹的经历，向读者揭示希望的可能；还选择从克劳迪娅的视角讲述佩科拉的故事，从叙述层次彰显希望的声音。因为被主流白人文化排斥，被黑人社区中饱受痛苦记忆折磨的迁徙人物漠视，佩科拉没有能力形成独立的自我、独立的语言，所以她的故事只能由别人代为讲述。莫里森叙述上的巧妙安排旨在期盼美国社会给予佩科拉代表的黑人女孩关注和爱护，让"佩科拉"们能找到自我与语言，进而言说自己的经历。

第三节　迁徙、记忆与身份
——论《所罗门之歌》中奶娃的身份建构

　　《所罗门之歌》是继《最蓝的眼睛》和《苏拉》之后莫里森的第三部力作，涉及历史、族裔、阶级、性别等话题，曾荣获美国 1977 年度"全国书评家奖"（National Book Critics Circle Awards）。该书延续了莫里森关注美国黑人生存体验的传统，继续探讨黑人生活的复杂性，可称得上是莫里森创作生涯中质的飞跃。该部小说体现了 20 世纪 70 年代后民权时期建构现代黑人身份和个体意识的重要议题。美国民权运动和黑人权力运动后，黑人如何建构自身身份？本节旨在从迁徙叙事的角度入手，分析《所罗门之歌》中不同迁徙者及其记忆对主人公奶娃身份建构的影响，揭示莫里森对黑人南方记忆及其与黑人身份之间关系所做的思考与贡献。

一、《所罗门之歌》与莫里森的迁徙叙事

　　美国黑人的历史是一部迁徙史。他们经历的迁徙主要有 17

世纪从非洲贩卖到美洲的被迫迁徙，内战之后的重建时期逃离美国南方的主动迁徙。在美国历史上，黑人逃离南方的迁徙又称大迁徙，主要有两次，分别发生在第一次世界大战之后和第二次世界大战之后。大迁徙的产生有北方和南方两方面的原因。一是南方"推"的因素。重建结束后，南方黑人依然被剥夺选举权，"三 K 党"的暴力和私刑使黑人人身安全得不到保障；经济上黑人遭受租赁制的残酷剥削，无法拥有财产所有权；公共领域遵循《吉姆克劳法》，实施严格的种族隔离政策。加之，第一次世界大战之后的自然灾害，使黑人的生活雪上加霜。二是北方"拉"的因素。《1921 年移民法案》颁布后，美国开始严格限制欧洲移民；第一次世界大战的爆发，白人男性的入伍加剧了北方军工厂对劳动力的需求；北方报纸的招工宣传使黑人视北方为实现梦想的理想乐土。这一时期，大约八百万黑人离开美国南方，移居到美国北部、中西部和西部，其中大多数迁徙到五大湖流域各州。大迁徙带动了北部工业经济发展，改善了黑人的生活，使部分黑人开始成为黑人中产阶级。受过教育的黑人中产阶级开始关注族裔问题，出现了被誉为民权运动鼻祖的黑人解放领导人威廉·爱德华·伯格哈特·杜波伊斯（William Edward Burghardt Du Bois）和布克·T. 华盛顿（Booker T. Washington）。大迁徙时期，纽约哈莱姆黑人聚居区涌现出大量关注黑人历史与文化的优秀作家，促使了哈莱姆文艺复兴运动（Harlem renaissance）的诞生和繁荣。

迁徙叙事是对美国黑人集体迁徙历史、个体迁徙经历的记录。迁徙叙事描述了主人公或文本的关注焦点从南方或西北部（祖籍）小地方（未必是农村）转移到大都市的过程。南方的种族主义暴力迫使迁徙者踏上北迁之旅，使他们成为对小说主人公影响最大的人物。面对陌生的时空，以及更加微妙的权力关系——族裔关系，迁徙人物需要追寻南方祖先或者借助南方民俗

文化来抵抗都市生活中残酷的遭遇。在怀特的迁徙叙事中，南方历史是黑人痛苦之源，永远不会给迁徙者希望；埃里森和鲍德温不回避南方历史中的问题，但他们同时强调南方乡村文化对城市黑人具有救赎作用。莫里森的迁徙叙事在美国民权运动和黑人权力运动后成为主流，她认同黑人前辈作家强调的美国文化对黑人的救赎作用。但与此同时，她也发展了前辈作家的迁徙叙事——首次回归南方乡土背景，讲述南方祖先故事；结合北方的城市背景，再现祖先及关于祖先的记忆。

莫里森关注黑人迁徙历史，因为其祖父母、外祖父母和父亲都是大迁徙的参与者。她在《所罗门之歌》《爵士乐》《家》等作品中均探讨了"迁徙"主题，致力于挖掘和书写这段沉默的黑人历史。在其迁徙叙事中，黑人历史是把双刃剑，铭记历史会让黑人痛苦，而忘却历史却让他们遗忘责任。所以，她努力以一种可接受的、不痛苦的方式书写历史，帮助黑人承担起历史留下的责任。祖先是莫里森迁徙叙事中的重要元素。祖先是黑人社区的延伸，衡量美国黑人作家的标准在于祖先是否在场。后继学者如格里芬拓展了莫里森的祖先概念，认为祖先存在于仪式、宗教、音乐、食物和表演中。祖先可以是字面上的祖先，也可能是尘世的长者，其显现在南方文化中，表现为如歌曲、食物和语言，帮助迁徙者缓解在北方都市的不适应。《所罗门之歌》中，主人公奶娃从小在北方的密歇根州长大，父亲麦肯、姑姑派拉特、好友吉他，以及黑人社区的居民基本都是从南方来到密歇根州的迁徙者，因为他们时常收到"来自路易斯安那、弗吉尼亚、亚拉巴马和佐治亚的信件"①。迁徙人物的个体记忆携带着南方历史与文化，但迁徙人物的记忆对《所罗门之歌》的主人公奶娃及其身份认同有何影响？这是本节关注的焦点。

---

① 莫瑞森：《所罗门之歌》，胡允桓译，上海译文出版社，2005年，第8页。

二、迁徙人物的记忆与奶娃的身份认同

《所罗门之歌》的开篇引人入胜："北卡罗来纳州互惠人寿保险公司的代理人定于三点钟从慈善医院飞往苏必利尔湖对岸。"[①]"北卡罗来纳州"和"苏必利尔湖"这两个地点，暗示美国黑人从南方迁徙到北方的历史，是小说主人公奶娃成长的历史背景。此处提到的飞翔和慈善是小说的两个关键主题，飞翔可理解为逃避或面对，慈善是小说中众多人物追求的梦想。然而，小说主人公奶娃从小到大一直苦于不能飞的烦恼，因而飞翔主题也贯穿奶娃的成长过程中。下文试图从与奶娃生活息息相关的迁徙人物麦肯、吉他、派拉特出发，揭示他们对南方记忆的不同解读，以及他们的解读对奶娃飞翔产生的不同影响。

奶娃的父亲麦肯生于并长于南方乡村。麦肯的父亲在南方的悲惨遭遇在麦肯的心头一直挥之不去。麦肯的父亲从弗吉尼亚州北迁到宾夕法尼亚州，渴望开始新的生活。麦肯的父亲聪明能干，不仅擅长于做各种农活，而且还有天使般的嗓音，是个唱歌能手。他经营十六年的林肯天堂农场被白人觊觎，白人射死他并霸占了农场。失去父母的麦肯和妹妹派拉特被迫流浪，走上了不同的人生道路。祖辈的悲剧使麦肯深信财产对黑人生存至关重要，在北方发迹的他教育儿子奶娃："要掌握财产。用你掌握的财产再去掌握别的财产，这样你就可以掌握你自己，也就可以掌握别人了。"[②]炫耀财产是麦肯工作之余最为热衷的一件事，就连妻儿也沦为他向社区穷苦黑人炫耀的资本。全家周日下午乘坐"别卡特"轿车出游，是麦肯认为向黑人邻居展示他飞黄腾达的重要方式。相比对于财富的狂热追求，麦肯对待家人却十分简单

---

① 莫瑞森：《所罗门之歌》，胡允桓译，上海译文出版社，2005年，第7页。
② 莫瑞森：《所罗门之歌》，胡允桓译，上海译文出版社，2005年，第68页。

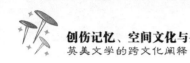
粗暴。他经常朝家人大发脾气，全家人因他而生活在惴惴不安中。

此外，麦肯对社区中的贫穷黑人租客冷漠无情，不关心他们的死活，只关注他们能否付得起房租。这一现象反映了大迁徙时期美国黑人内部的阶级分化，贫富悬殊的速度在黑人群体加快，黑人新贵疏远黑人穷人，两者之间的矛盾在加剧。吉他奶奶贝恩斯太太因交不起房租，恳求麦肯拖延几日收纳房租，结果却被麦肯残忍拒绝。可见，身为中产阶级的麦肯对社区底层黑人同胞十分苛刻。当波特发酒疯扬言自杀，麦肯关注的不是邻居波特的生死，而是关心作为房客的波特会不会按时支付房租。视金钱为生命的麦肯不但鄙视下层穷苦黑人，而且因金子对妹妹派拉特也怀恨在心。奶娃出生后，他就拒绝去妹妹居住的贫民区，也无意同妹妹恢复关系。他一直认为是派拉特拿走了金子，甚至怂恿儿子奶娃去偷金子。奶娃行盗未果被警察拘留，结果救出儿子的不是麦肯的财富和他在警察面前的卑躬屈膝，而是派拉特的宽容和智慧。拥有财产，炫耀财产，以及锦衣玉食的生活，并没有帮助麦肯摆脱白人对他的掌控，反而使他被黑人群体、黑人社区孤立：他的轿车被他们称作"棺材"，他居住的富丽堂皇的房子让他沦为黑人社区的局外人。财产的占有，地位的提升，带给麦肯的是与亲人朋友、黑人社区和黑人文化的日益疏远。麦肯作为在北方城市成功的黑人中产阶级代表，不在乎所有名字的含义和父辈祖先历史，而去内化资本主义社会白人主流文化的价值观，对家人和穷苦黑人也冷漠无情，尽管他拥有财产，却孤独无援。作为父亲，麦肯除了向奶娃灌输经商之道，并没有帮助奶娃真正成长，甚至让奶娃也像他一样被黑人群体孤立。

不同于麦肯对主流价值观的内化，奶娃的好友吉他选择用暴力解决黑人迁徙者遭遇的经济困境和政治危机。吉他对白人的憎恨源于其父亲的惨死：父亲在锯木厂不幸身亡，身体被切成两半，而白人老板只带来牛奶软糖和四十美元慰问，母亲逢迎感激白人老板，没过多久母亲发疯并离家出走。吉他从此不喜欢甜东西，因为甜食会让他想到白人对父亲的残酷伤害。吉他随后加入黑人暴力团体"七日"，当黑人被杀害，又没有获得法律上的公正时，这个团体就随便挑个白人，用类似的方法处决掉白人。法律纵容白人对黑人的暴力，被仇恨冲昏头脑的吉他，极端片面地解读黑人权力运动的主张，盲目地运用暴力解决黑人遭遇的不公，而没有意识到马尔科姆·X（Malcolm X）宣扬的"黑人意识，种族团结，黑人社区的力量，黑人文化、历史和制度的价值和意义"[1] 对黑人的重要性。当奶娃质问吉他的生活有没有爱，吉他回答："我干的事不是恨白人，而是爱我们。"[2] 用黑人仇恨取代白人仇恨，吉他以暴制暴，并没有体现对黑人的爱。他告诫奶娃不能射杀"母鹿"，而他自己却一直在杀害白人，甚至射杀奶娃和派拉特。

　　吉他仇恨白人，憎恨富有的黑人。其行为反映出后民权时期"非裔中产阶级的崛起导致与非裔穷人之间的关系日益紧张"[3]。吉他吐露，下层穷苦黑人的工作只不过勉强维持生活。他憎恨黑人中产阶级麦肯和奶娃的奢侈生活及他们的光荣岛聚餐。吉他并没有通过有效的方式化解仇恨与嫉妒之情，也没有转向黑人历史与黑人祖先寻求精神上的慰藉。他对黑人祖先的历史漠不关心，对黑人的奴隶姓氏和奴隶历史深恶痛绝。吉他从美国黑人奴隶历史中学到的只有暴力和仇恨，对祖先历史的无知让他在对北方白人和富有黑人的双重仇恨下走上了不归路，最后用仇恨结束了和

① 谢国荣：《1960 年代中后期的美国"黑人权力"运动及其影响》，《世界历史》，2010 年第 1 期，第 40~52、157 页。
② 莫瑞森：《所罗门之歌》，胡允桓译，上海译文出版社，2005 年，第 187 页。
③ 王晴锋《后民权时代的美国族群关系：经验与反思》，《世界民族》，2015 年第 1 期，第 14~22 页。

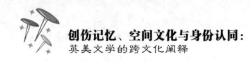
奶娃的多年友谊。吉他的暴力行径复制了白人话语，并未帮助奶娃意识到白人制定的体制对黑人的伤害——奶娃对 1955 年震惊全美的黑人男孩埃米特·蒂尔被白人残害一案毫不关心。吉他被对黑人中产阶级的仇恨蒙蔽，也没帮助奶娃认识到黑人社区内部的阶级问题及黑人群体团结的重要性。奶娃不理解吉他对富有黑人的斥责。可见，黑人内部的阶级差距，注定了奶娃不能从吉他身上学习到黑人历史与文化中长期积淀下来的精神财富。

派拉特是麦肯的妹妹，奶娃的姑妈。她既不像麦肯崇尚白人价值观，也不像吉他仇恨白人。她是祖先的化身，承载关于祖先的记忆：珍视父亲取的名字，并将写有名字的纸条置于耳饰中；拥有巫师般通灵和超自然能力，重视家庭和人与人之间的关系。奶娃在派拉特的歌声中降生，她是奶娃成长路上的飞行员（Pilot）：得知麦肯和露丝关系冷淡，她就给露丝自制的草药让麦肯服下，让露丝受孕；麦肯强迫露丝流产，派拉特就做一个娃娃，用巫术保护露丝。派拉特的歌声、巫术、通灵等超自然能力无不是南方黑人文化和黑人祖先的象征。奶娃第一次来到派拉特家，发现被父亲一直冷落的姑妈让他着迷，虽然她"看上去就同大家所说的那么穷，眼神中却不见一点能够证明她贫困的东西"①。派拉特的南方祖辈故事和对麦肯的爱，让奶娃对自己的姓氏产生骄傲，他第一次全身心都感到幸福。派拉特讲的故事不仅吸引了奶娃，也间接影响了麦肯。身为父亲的麦肯第一次给儿子讲南方家族史，这一行为象征麦肯在派拉特的影响下，开始回忆其南方黑人历史。但是，麦肯讲完后，还是告诉奶娃派拉特教的东西毫无用处。麦肯虽排斥派拉特，但被黑人社区孤立的他却渴望派拉特歌声的慰藉。他偷听派拉特和另两个人的歌声，向歌声屈服了：她们的歌声使他"想起了田野、野生的火鸡和长斑点

---

① 莫瑞森：《所罗门之歌》，胡允桓译，上海译文出版社，2005 年，第 47 页。

的野兽"①。可见，麦肯排斥南方文化，只是孤立了自己，孤立了儿子，与家庭和黑人社区的关系也越来越疏远。他的孤立行为不仅让他与北方黑人迁徙者为敌，还造成了他与南方黑人文化的疏远。所以，麦肯的个人记忆中没有过去，也没有现在，他生活在文化的真空中。麦肯这一人物也暗示了中产阶级黑人与下层黑人的孤立，与黑人文化的孤立，与南方历史与祖先的孤立。

派拉特身上流淌着的南方文化的血液，她在没电没气的房子里过着不受白人价值观影响的平静生活。但是，我们也注意到祖先文化没能帮助派拉特拯救外孙女哈格尔于危难之中。她和丽巴对哈格尔的细心照顾与百依百顺，也未让哈格尔摆脱白人消费主义文化的毒害。因为哈格尔需要的不是吃的东西，而是奶娃身上象征的中产阶级白人价值观的认可。失恋的打击使哈格尔认为，奶娃抛弃她是因为她的外貌、头发、衣服不像白人女孩那般。因此，她深信白人媒体宣传的外在美丽能帮她赢回失去的爱情。她至死依然执迷于奶娃所喜欢的金色头发和白皙肤色。智慧的派拉特把仅有的二百多美元家产拿出来，去满足哈格尔狂热的购物欲望，但却拯救不了哈格尔那颗被白人腐蚀掉的心。同样，派拉特身上的祖先智慧虽然启迪了奶娃，却无法传授给奶娃。奶娃依然困惑，因为他所知道的一切，他所拥有的一切，都是父亲传递给他的，他没有通过自己的探索去洞悉世界与生活，没有形成自己独立的世界观和人生观。

奶娃生于黑人中产阶级家庭，深受资本主义社会白人主导的价值观影响，自私自利、浑浑噩噩，对周围一切漠不关心。北方的城市生活让他无聊，麦肯、吉他和派拉特传授的价值观没有帮助他找到自我身份，他认为拥有金钱就可以远离把他逼疯的家人，可以摆脱一心想置他于死地的哈格尔，于是他踏上了南下寻

---

① 莫瑞森：《所罗门之歌》，胡允桓译，上海译文出版社，2005年，第36页。

金之旅。

三、南方的集体记忆与奶娃的身份认同

　　奶娃南下寻金的第一站是宾夕法尼亚州的丹维尔（Danville, Pennsylvania），在这里他遇到了祖父的故友库柏牧师和瑟丝，并体会到南方乡村黑人的热情与派拉特所重视的人与人之间的关系。身在故乡丹维尔，奶娃对祖辈的故事有了真切的领悟，过去听父亲和派拉特的故事，总感到像是"天方夜谭"，现在"可能是由于身处当年故事的发生地，连故事本身似乎也真实了许多"①。这是因为丹维尔将奶娃带到祖辈集体记忆诞生的记忆环境。在这里，奶娃超越北方父亲、姑姑讲给他的记忆片段，投入更为广阔的祖辈记忆的诞生地。可以说，奶娃在空间上距离黑人祖辈越近，就越能感受到祖先对他这位北方远道而来的晚辈的召唤，就越能理解祖辈的文化与记忆。

　　在丹维尔，奶娃了解到关于祖辈故事的更多细节：铁匠和瑟丝共同帮助派拉特制作了装有姓名的耳环；那个毫无同情心的父亲，以前"跑步、耕地、打枪、挖土、骑马，都比他们强"②；祖父耕耘十六年的农场是全麦图尔县最好的农庄之一。在与南方祖辈老友的交谈中，奶娃感受到祖父是他们的骄傲，他也开始思念起祖父来。这种骄傲与荣耀联系着南方乡村黑人，是他们集体记忆的一种表达方式，代表着南方人选择以什么方式理解过去、再现过去。在此，莫里森成功实现了对主导南方文化的白人记忆的改写与反讽。南方白人记忆以内战前田园牧歌似的白人庄园生活为主要特征，内战的主要目的在于捍卫白人引以为豪的荣誉。莫里森将白人对荣誉的渴望改写为黑人对荣誉的渴望。为了满足

---

　　①　莫瑞森：《所罗门之歌》，胡允桓译，上海译文出版社，2005年，第269页。
　　②　莫瑞森：《所罗门之歌》，胡允桓译，上海译文出版社，2005年，第273页。

南方乡村黑人对荣誉的渴望，奶娃讲起父亲在北方的发迹：父亲娶了最富有的黑人医生的女儿，开着最新款的别卡特轿车，跻身于白人中产阶级队伍中。可见，此时麦肯对奶娃的影响还没有彻底消除，麦肯的金钱与地位让奶娃引以为荣，以至炫耀。所以此时奶娃向往的荣誉还不是真正的荣誉，只是物质上的虚荣，因为资本主义社会白人主流文化宣传的拜金主义、物质主义还影响着他，他还视黄金为成功的标志。奶娃对黄金、荣誉的追求过程，也是莫里森对黑人以物质财富为成功的反思过程。

瑟丝的故事让奶娃看到内战后杀死祖父的以巴特拉家为代表的南方制度对黑人的暴行。他了解到祖父叫杰克，祖母叫兴，他们来自弗吉尼亚州，是在朝北走的大车上遇上的。随着对祖先历史了解的深入，奶娃寻金的热情越发急切，他认为金子可以使他像祖辈那样，成为黑人族人的骄傲。在瑟丝说的山洞中寻金未果，奶娃依然执迷不悟，执着于得到金子。可以说，经过瑟丝的故事洗礼，奶娃寻金的动机除占有物质财富外，还渐渐包含精神层面，即满足黑人族人渴求成功的心理需求。精神层面的动机给了奶娃更多动力去寻找黄金。

寻金的热情让奶娃继续南下，来到弗吉尼亚州的沙理玛，在这里他首次遭遇与南方乡村黑人的矛盾：本地的人看不惯这城里来的黑人，认为他的装束打扮和白人并无二致。奶娃觉得这些人排斥外人，思想不开化。然而，参与乡村黑人群体的狩猎活动，不仅帮助奶娃化解了与南方黑人的矛盾，而且让他的成长发生了质的飞跃。可以说，与黑人男子的丛林狩猎是奶娃成长过程中的里程碑，是他步入成熟的成年礼仪。虽然奶娃没有任何狩猎经验，但他没有逃避狩猎，他学会了面对困难，承担责任，勇敢去挑战未知的困难。在黑暗的森林中，奶娃发现财产并不像父亲宣扬的那般万能，这里任何外物都不起作用。他发现真正重要的是作为万事万物根源的人本身，是超越现实物质束缚的身体与生命

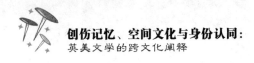

本身。这时，他不再盲目地认为丹维尔崇拜和尊敬他，而认识到只是对他这个北方黑人感到好奇和开心。可见，抛弃被崇拜的心理，意味着奶娃抛弃了从小父亲给他灌输的白人中产阶级价值观，抛弃了助长其虚荣心的祖辈荣光，奶娃自此开始挑战困难，去创造属于自己的成就。

远离北方都市，融入南方的自然里，奶娃"发现自己仅仅由于走在大地之上便振奋不已"[①]。他开始动用自己的一切感知能力，去解读自然——狗的吠声、桉树的清香、树根的摩挲都是大自然的语言，刹那间使他感受到他与周围所有人之间的联结关系。在与自然的对话中，他真正理解了奴隶制南方祖辈的凄惨历史、内战后祖父母的北迁历史、祖父渴望拥有土地的迫切心情、吉他既思念又憎恨的南方。林中归来，他向众人讲述在黑暗森林中的恐惧，与大家一起大笑，学会了与他人相处，体会到南方乡村黑人之间的友爱，获得了精神上的自由，从而获得了身体的矫健，他也不跛了。这时候，奶娃才真正领悟祖辈历史中隐藏的智慧，因为他进入了南方黑人集体记忆，这种集体记忆让每个家庭成员的自我回忆都拥有一个文化和历史的框架。只有身处祖辈历史诞生的南方，奶娃才能进入祖辈历史和文化的框架，从而在南方黑人对记忆的讲述过程中接受历史框架，走出没有记忆、没有身份的迷茫，去跨越祖辈代表的过去与北方黑人的现在之间的鸿沟，最终形成自我身份。

在弗吉尼亚州，奶娃放弃追求子虚乌有的金子，放弃对物质财富的贪恋，而是学习所有名字的含义：所罗门、莱娜、小树林、狩猎。他把来自不同叙述视角的故事拼接，形成了自己的祖先遗产：自己原来是会飞翔的所罗门的后代。他体会到有生以来从未体验过的激动与幸福。奶娃理解、修正并补充了派拉特的故

---

① 莫瑞森：《所罗门之歌》，胡允桓译，上海译文出版社，2005年，第327页。

事：派拉特一直携带的是父亲的尸骨；祖父没有让派拉特唱歌，他在呼唤妻子的名字。这时，奶娃已经形成成熟的自我，脱离父亲灌输的资本主义价值观，并且开始以批判性的态度看待祖先历史：他不满足祖辈会飞的辉煌，而是关注到所罗门飞走之后被抛弃的女人和孩子。奶娃学会了理解亲人：感激母亲和派拉特为保护他所做的无私付出，明白父亲麦肯无休止追求财富其实是爱祖父之所爱，对父母和姐姐的憎恨实在愚蠢。他极为悔恨对女友哈格尔造成的伤害：他利用她的热恋让自己成为受女性崇拜的"明星"，殊不知他对她的死亡负有重要责任。他拿回哈格尔的头发作为纪念，学会了肩负责任，而并非像祖先所罗门那样抛妻弃子，独自一人飞回非洲。

四、小结

　　可见，奶娃不仅学会用批判性的眼光看待祖先的历史与记忆，而且不知不觉开始践行派拉特身上的智慧：他带着派拉特回到弗吉尼亚"所罗门跳台"安置祖父的尸骨；派拉特弥留之际，他唱自己改写的布鲁斯歌曲给她听。派拉特的临终之言是："要是我认识的人再多些，我也就可以爱得更多了。"[①] 这让奶娃明白真正的飞翔是付出爱与承担责任。所以，面对吉他的枪，奶娃选择了飞翔而非搏斗，用慈善代替了仇恨。小说结尾处奶娃的飞翔无关生死，与小说开首史密斯的飞翔遥相呼应。但是，与史密斯的懊悔与请求原谅不同，奶娃勇敢地将领悟到的祖先智慧付诸实践。这一开放式结尾发人深省，与西方民俗中尘埃落定的结局完全不同。这也反映出莫里森对白人主流叙事进行的有效改写，使用根植于黑人历史与文化的话语和叙述手法，帮助奶娃建构起对黑人文化的记忆、对黑人身份的认同。

---

　　① 莫瑞森：《所罗门之歌》，胡允桓译，上海译文出版社，2005年，第391页。

　　《所罗门之歌》中有两条贯穿整部小说的线索，一明一暗，飞翔为表，迁徙为里。莫里森通过讲述作为奶娃成长外因的不同迁徙人物，指出他们的记忆无法帮助奶娃实现飞翔，强调奶娃的飞翔取决于对祖先历史和记忆的接纳、理解、修正和践行。通过由北向南的逆迁徙，奶娃在南方亲历了黑人祖辈从南到北追求自由的迁徙历史，从而进入南方的集体记忆，领悟到所罗门飞翔传说的现实意义，由此肩负起对家庭和历史的责任，用自己重建的话语抵制北方城市白人价值观的腐蚀，纠正黑人民族主义的偏激，建构了后民权时期新型的现代黑人文化身份。

第五章　文学性、文化认同与家园——当代华裔美国文学中的身份书写与变迁

　　身份书写一直是早期华裔美国文学中的重要部分，但随着时代的发展，华裔美国文学主题呈现出新的变化。华人早期自传体式小说抒发了对家乡、故土的依恋，反映了早期华人在美国作为异乡人的状态。从 20 世纪六七十年代开始，华人在被美国主流社会边缘化的夹缝中不断地寻找着自我身份的认同，并在现实和文学想象中对身份进行重建，此时的华裔美国文学主题一直围绕着种族、美国梦、文化冲突、性别、家园、代际关系等话题展开。从 20 世纪末到 21 世纪初，随着华人新移民大批来到美国，涌现了一批"新移民文学"。

　　在过去 30 年中，华人新移民文学既有早期华裔美国文学中相似的身份焦虑、文化冲突、家园寻找、社会融入等问题再现，又有着自己的发展脉络，体现着对美国现代社会的日常生活、政治经济、人性情感及个人内心世界的特别感悟。

　　21 世纪初期以来，美国华人作家开始有意识地在创作中进行文学性转向，刻意模糊作品中的族裔性和身份状态，积极探索文学的审美作用，描写人类普遍的共同情感和心理状态。随着华人更加积极地参与美国主流社会的各项活动中，华人新移民也面对着比以往早期华人更加错综复杂的文化冲突与矛盾。首先，华人新移民文学中体现的当代华人的文化教育观念既帮助又"阻碍"了华人在美国的社会融入。华人教育观、成就感与主流社会认可度之间的矛盾，折射出美国主流文化、华人传统文化及华人

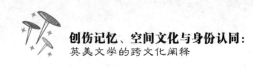

身份认同之间的差异与协商。华人被美国主流社会"拒绝—接纳—融入"的历史过程，体现了华人身份认同及社会地位的变化。华人融入美国、被主流社会接纳只靠华人自身的努力还不够，主流社会的文化政策不仅需要华人积极参与制定，还需要主流社会对少数族裔文化的理解与包容。其次，"家园"是华裔美国文学中重要的话题之一。但家园的内涵、如何建构家园在华裔美国文学的不同发展过程中也呈现出不同特征。早期唐人街只是族裔聚居地，是寻求族裔资本的庇护之所，而不是可以被称作"家园"的地方。随着华人新移民的到来，他们组建了有别于旧唐人街的新聚居地。对新居住地的描写，以及"落地生根"的渴求不断出现在这个阶段的华裔美国文学中，体现了华人在美国寻求自我认同的复杂过程。

　　本章第一节通过对华裔美国文学各个历史阶段的重心和主题进行梳理和对比，来论证华裔美国文学主题变动与华人身份认同的互动关系，这有助于在历时与共时上厘清华裔美国文学与华人境遇、身份、族裔文化与美国主流文化之间的相互作用。本章第二节通过讨论以《虎妈战歌》一书所体现的传统文化教育观对华人融入美国社会的影响，来揭示华人融入美国社会所受到的阻力根源，并就华人深层次融入美国社会的方式提出相应的参考意见。本章第三节从华裔美国文学中家园空间的移植和转变来探讨美国华人身份寻求的过程。总之，关注华裔美国文学中的主题变迁、文化教育、家园空间，是为了帮助了解现当代美国华人身份认同的变化，了解华人在美国的社会接纳和融入状态。

第一节　华裔美国文学主题变迁与身份的互动

　　华裔美国文学最早可以追溯到 19 世纪，发展繁荣于 20 世纪后半叶并逐渐成为美国文学重要的组成部分。华裔美国文学中的主题在华人移民的各个历史阶段均有不同的侧重。有研究认为华裔美国文学主题的嬗变，是华人在美国历史上生活状态改变的艺术反映，印证了华人寻找身份认同的过程。文学主题的嬗变对应了早期华工、华人在美国遭受歧视、忍受排斥隔离的生存境遇，体现了他们渴望落叶归根的家国情怀。随着华人新移民的到来，华裔美国文学有了新的关注重点。华裔美国文学的文学转向逐渐把身份认同和族裔身份放在文学次要表达的方面，着重关注作品的文学性阐释。美国华裔新移民文学中强调文学性的原因和动机是什么？文学中族裔性的模糊反映了华人在美国怎样的生存境遇？本节将从华裔美国文学主题的嬗变来讨论华人在美国的身份变迁问题。

一、早期华裔美国文学中的华人身份

对于华裔美国文学的定义，学界在争议中逐渐形成共识。学者张子清在梳理学术界讨论后界定亚裔/华裔美国文学为："1.出生、成长、受教育、工作、生活均在美国的亚裔/华裔（或亚/华、欧美混血的子女）的作家用英文描写他们在美国的生活经历和体验的文学作品；2.出生在亚洲/中国（生活时间或长或短）但受教育、工作、生活在美国的亚裔/华裔（或亚/华、欧美混血的子女）作家用英文描写他们在美国的生活经历和体验的文学作品；3.出生在国外（既非亚洲/中国又非美国）但成长、受教育、工作、生活在美国的亚裔/华裔（或亚/华、欧美混血的子女）作家用英语描写他们在美国的生活经历和体验的文学作品。"① 简言之，出生地不再重要，而"成长、受教育、工作生活在美国""华裔""用英文书写"成为界定华裔美国文学的重要

---

① 张子清：《与亚裔美国文学共生共荣的华裔美国文学》，《外国文学评论》，2000 年第 1 期，第 93~103 页。

创伤记忆、空间文化与身份认同：
英美文学的跨文化阐释

标志。对此，也有学者有着不同的看法。陆薇认为最初的"华裔美国文学只包括出生在美国、具有华人血统的作家用英文描写早期中国移民和他们的后代在美国生活、工作经历的文学作品，而今天它已经发展到包括用英语或汉语两种语言写作、描写所有跨界、流散经历的文学作品"①。同样地，吴冰也认为华裔美国文学不仅包括"华裔美国英语文学"，也应包括"华裔美国华文文学"，他认为"华裔美国作家无论用英文或华文写作的在美经历的作品，都不属于中国文学的一部分"②。因此，华裔美国文学从早期的华人（及其后裔）用"英文书写美国故事"到后来用"中、英文书写美国故事"，都已被普遍认为是华裔美国文学的组成部分。可见，华裔美国文学的界定变得更加宽泛。依据学界广泛的研究成果，不论是中文或英文来书写，美国华人的"美国故事"或者"跨界经历"都是本章节讨论的华裔美国文学最重要的标志。

早期华裔美国文学更关注身份和文化冲突。如刘裔昌（Pardee Lowe）的《虎父虎子》（*Father and Glorious Descendant*，1943）、黄玉雪（Jade Snow Wong）的《华女阿五》（*Fifth Chinese Daughter*，1945）及雷庭招（Louis Chu）的《吃碗茶》（*Eat a Bowl of Tea*，1961）等许多作品，描述了中美文化冲突及华人努力融入美国社会的个人奋斗经历。20世纪 60 年代以后，随着美国民权运动的发展，华人愈发关注与身份相关的各类社会问题。如汤亭亭（Maxine Hong Kingston）的自传《女勇士》（*The Woman Warrior*，1976）、小说《中国佬》（*China Men*，1980），以及谭恩美（*Amy Tan*）的《喜福

---

① 陆薇：《走向文化研究的华裔美国文学》，中华书局，2007 年，第 2 页。
② 吴冰：《关于华裔美国文学研究的思考》，《外国文学评论》，2008 年第 2 期，第 15~23 页。

会》（*Joy Luck Club*，1989）等作品谈论了性别、代际、文化冲突等问题，徐忠雄（Shawn Wong）的小说《家园》（*Homebase*，1979）、谭恩美的《接骨师之女》（*The Bonesetter's Daughter*，2001）等作品讨论了华人的"失家""寻家"历程，赵健秀（Frank Chin）、陈耀光（Jefferey Paul Chen）、徐忠雄（Shawn Wong）、劳森·稻田（Lawson Fusao Inada）等人在编辑的《唉呀！亚裔美国作家选集》（*Aiiieeeee! An Anthology of Asian-American Writers*，1974）、《大唉呀！华裔与日裔美国文学选集》（*The Big Aiiieeeee! An Anthology of Chinese American and Japanese American Literature*，1991）中提出了度量亚裔美国文学创作观的标准——"亚裔感性"（Asian American Sensibility）①，赵健秀还在《唐老亚》（*Donald Duk*，1991）和《甘加丁之路》（*Gunga Din Highway*，1994）等作品中着重进行了族裔和身份的讨论。但是，不管是汤亭亭从女性角度刻画在中美文化中寻求身份的华人女性，还是任碧莲探讨的融合多元文化因素的身份构建，此阶段的代表性华裔美国文学主题始终围绕着族裔、美国梦、文化差异、性别、家园、代际关系等话题展开，其中身份认同是早期华裔文学一直无法脱离的主线。

此外，早期华人及华人社区的离散特征与华人的身份认同具有一致性。比如，在早期华裔文学中，华人的居住地"唐人街"往往被描述成一个封闭的地理形象。如林语堂的《唐人街》（*Chinatown*，1936）是一个中西文化的杂糅之所，蕴含着精神危机；汤亭亭的《女勇士》中的唐人街是一个群鬼环绕的地狱；雷庭招的《吃碗茶》中的唐人街是一个老旧的光混汉社会。唐人

---

① 在《唉呀！亚裔美国作家选集》的序言中，赵健秀提出"亚裔感性"：出生地不一定在美国，但对本族有深厚情感的具有亚裔独特文化气质的亚裔族群。他们既不能被称为亚洲人又不能称为白人美国人。他们使用着非主流社会的英语，反对亚裔刻板印象且不迎合主流社会，并构建出一种区别于亚洲与美国主流社会的文化。

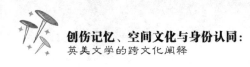

街在诸如此类的文学作品中，既是华人寻找族裔资本庇护、寻求精神家园之地，又是一个被美国主流社会排斥隔离的文化"族裔飞地"（ethnic enclave）①，体现的是华人封闭的、离散的社群关系，以及华人不被主流社会接纳，或者拒绝接纳主流文化的身份认同。这些镜像反映了华人在美国是不被接纳的"永久异乡人"。

可见，早期的华裔文学更多关注华人在美国主流社会中的身份认同。华人生存境遇、华人生存空间的离散特征，正是早期华人受排挤、歧视、隔离、驱逐和不被接纳的社会现状的体现。

二、新移民文学中从身份关注到文学性的过渡

20世纪末到21世纪初，大批华人新移民来到美国并带来了一批华裔"新移民文学"。这些新移民大多是中国改革开放后，伴随着"出国潮"留学、经商、打工或者投资等活动来到美国的华人移民。他们所创作的文学被称为美国华裔新移民文学。但有不少研究者认为华裔美国文学为英文创作，而新移民文学是华文创作，两者有着语言、思维、体裁之分；有学者如曹惠民认为华裔美国文学展示的是"想象的故国文学"，而新移民文学是中国式立场描述下的东方和西方②；还有学者如郭英剑从地理和移民角度认为"新移民文学"可以统指20世纪80年代后由大陆移民到西方国家的作家文学，且特指在北美的华人移民文学③。不管怎样，更多学者已经认同新移民文学从20世纪末以来突破了华裔美国文学的题材、语言、文化、族群和国家边界的限定。华裔

---

① 族裔飞地（ethnic enclave）：狄金华、周敏在《族裔聚居区的经济与社会——对聚居区族裔经济理论的检视与反思》一文中提出，移民因共同的族裔文化、经济生活和社会方式而形成的与周边社区相对隔离的区域，也就是族裔聚居区。

② 曹惠民：《华人移民文学的身份与价值实现——兼谈所谓"新移民文学"》，《华文文学》，2007年第2期，第37~42页。

③ 郭英剑：《语言的背叛：移民作家的位置在哪里？——评哈·金的〈移民作家〉》，《郑州大学学报（哲学社会科学版）》，2011年第3期，第92~96页。

美国文学的范围变得更加广泛，新移民文学体现了华裔美国文学的新趋势和特征。

新移民文学既有着早期华裔美国文学中的身份焦虑、文化冲突、社会融入等问题的考量，又有着自己的发展脉络，呈现出一些新的文学主题。

早期（20世纪70年代）的新移民作品以"故土、家园"作为重要的母题。以哈金的《在池塘里》（*In the Pond*，1998）、《等待》（*Waiting*，1999）为代表，这类作品通过"回望""回忆"来讲述沉重的个人经历和故乡故事。类似的作家还有查建英、严力、唐颖等，他们主要以20世纪70年代的中国作为重要的背景来抒发个人复杂纠结的故土情怀。但值得一提的是，哈金的短篇小说集《落地》（*A Good Fall*，2012）已开始具有一些新的特征。《落地》背景设置于纽约的华人新聚居区——法拉盛，讲述了一群在美国渴望"落地生根"的华人及他们千姿百态的生活。故事中的华人都已经"落地安家"，但是"生根"谈何容易。哈金在作品中并未刻意凸显主人公的华裔族性，更多的是去凸显人生的不同遭遇、心情和反思。哈金对文化和文学主题的选择体现了作者对华人身份认同的模糊性态度。学者郭英剑评论认为，作家应该依靠作品的力量去打动人，包括自己国家的人民，读者应理解的首先是作家的作品，其次才是作品的主题和内容。他认为哈金对作家的"代言人"身份是持怀疑态度的，作家最重要的是要写出好的作品来。[①] 也就是说，作家对身份的关注开始逐步让位于对作品内容和主题的关注。

20世纪末以来，不少华人作家开始关注更广泛的文学题材。裘小龙的侦探系列小说如"侦探三部曲"——《红英之死》

① 郭英剑：《语言的背叛：移民作家的位置在哪里？——评哈·金的〈移民作家〉》，《郑州大学学报（哲学社会科学版）》，2011年第3期，第92~96页。

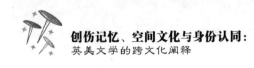

(*Death of a Red Heroine*，2000)、《外滩花园》（*A Loyal Character Dancer*，2005）和《石库门骊歌》 （*When Red Is Black*，2005）取材于中国，但反映的是中国新时代发展中的风土人情，并着力刻画了积极、正面的、与以往美国侦探小说中不同的华人和中国形象。

20世纪90年代后，中国市场经济的发展对华人产生了深刻的影响。新移民作家创作了不少主题相对单一的"打工仔""淘金"类小说，如曹桂林的《北京人在纽约》(1991)、周励自传体式的《曼哈顿的中国女人》（2003）等。该类作品描述了第一代华人在美国艰苦奋斗、实现美国梦的经历。

随着华人新移民文学的繁盛，更多华人作家不再满足于单一的文学主题，而开始在作品中寻求更深刻的文学意义，创作了许多以"个人实现"为主题的作品。如严歌苓在《少女小渔》(1992)、《扶桑》(1996)、《花儿与少年》(2011)等作品中不再把创作背景局限于美国或者中国，而是围绕着探讨人性、个人成长或不同文化体验等主题展开；还有美国新生代华裔作家伍绮诗（Celeste Ng）在《无声告白》（*Everything I Never Told You*，2014）中描述了亚裔对自我价值的追寻与肯定。此外，以描写现代生活困境为主题的作品也层出不穷，如陈谦的《无穷镜》(2015)刻画了硅谷创业者光鲜的外表下不为人知的艰辛和挣扎、彷徨的内心世界。

总之，华裔美国文学作品在近年来已经不再局限于家园、文化、族裔、身份、代际和性别角色的讨论，而有着对现代社会日常生活、政治经济、人性情感、内心世界的特别感悟，并开始转向探索作品中的文学性。

三、华裔族裔社群与身份的互动

华裔族群和社群变化使华裔身份认同也发生相应改变。这一系列的变化在华裔美国文学中呈现出"离散""流散""移植""回归"到"反思"的主题变化轨迹。美国华裔文学的研究有着如下趋势：研究相对集中在某个作家、某个作品上；对美国华裔文学的文化身份、族裔性研究仍然是主导，但对文学性研究缺乏深入思考。在华裔文学研究的主题方面，虽有赵健秀提出华裔文学创作中应体现"亚裔感性"，但在有关于族裔、性别、阶级、家庭角度的文化批评中也不断出现"全球化"、"去国家化"的离散理论。针对华裔文学去身份化研究，也有学者如饶芃子、蒲若茜坚持认为身份政治仍是美国华裔文学的研究重心。[①] 尽管学者们的研究视角有着差异，但毋庸置疑，华裔美国文学作品主题研究已经不再局限于文化文明冲突、族裔身份、家庭代际关系和性别角色讨论，而转向探索作品中的文学性。

　　20世纪以来，华裔美国作家尤其是新移民作家已经有意识地刻意模糊作品中的族裔性和身份状态，在作品中体现出身份关注的"转移"、文学性的"回归"、思想上的"反思"。任碧莲（Gish Jen）是其中一个代表。任碧莲的作品《典型的美国佬》（*Typical American*，1991）认为谁是"典型美国人"并不重要，重要的是关注美国物质消费主义对每一个普通民众的"消费"，以及在物欲横流的社会中人的道德价值观的沦丧。"典型的美国佬"其实就是典型美国故事。如书中主人公张意峰所说："你们知道这个国家什么最重要吗？……钱。在这个国家，你有钱，你什么事都能做。你没钱，你就不中用。你是中国佬！就是这么简单。"[②] 在任碧莲笔下的美国，身份并不重要，重要的是拥有物质财富，因为物质财富可以决定人的身份。总之，任碧莲

---

　　① 饶芃子、蒲若茜：《从"本土"到"离散"——近三十年华裔美国文学批评理论评述》，《暨南学报（哲学社会科学版）》，2005年第1期，第46~53、138页。

　　② 任璧莲：《典型的美国佬》，王光林译，译林出版社，2000年，第208页。

旨在提供一种新的身份认同方式，去打破广泛意义上的"美国人"与其他族裔的藩篱，解决多元文化语境下的文化冲突。这种愿想不仅体现在她在作品中去书写华裔在美国的生存状态，同时也体现在她对美国其他少数族裔生活状况的关注，以及对人类普遍的情感和价值观念的书写。不少学者已经注意到任碧莲作品中文化疆域的消解、混合和转变，认为她在作品中体现了文化身份中的超越及全球视野。如刘加媚认为，华裔作家开始从文化和身份政治中解脱出来，作家看似中立，或者冲突的自我与他者的界限在逐渐地消解。① 王月英、张静及马岩等进一步指出，任碧莲的作品反映出华裔美国人在身份流变中接受自己文化身份的混杂性，探索了移民故事的普遍意义和多元化的身份认同。②③ 总之，华裔作家作品文学性转向已受到研究者高度关注。这种转向应该与美国华人社群的分布方式和华人的生活状况有着密切的呼应关系。

华裔美国文学的主题呼应着华人离散经历。不少学者已对现代离散族裔的特征进行了详尽的研究。加布里埃尔·谢夫（Gabriel Sheffer）在《国际政治中的现代流散族群》（*Modern Diasporas in International Politics*，1986）一书中认为，现代流散族群是由移民及其后裔组成的少数族群，他们生活在移居国，但与祖籍国保持着强烈的情感和物质上的联系。据他所言，族群离散性体现为强调本族语言、种族和文化的共性，同一群体的成员通过认同或者排斥来进行社会活动和生活，并由此突出族

---

① 刘加媚：《中国文化在华裔美国文学中的流变》，《南方文坛》，2015年第2期，第25~28、37页。

② 王月英、张静：《"美国梦"与后多元时代的身份认同：任碧莲的"美国故事"解读》，《复旦外国语言文学论丛》，2009年第2期，第63~67页。

③ 马岩：《跨越藩篱 追求多元——论华裔美籍女作家任碧莲笔下的"身份表演"》，《中国比较文学》，2010年第1期，第84~93、157页。

群独特文化性。但学者朱敬才认为离散族群的最佳状态，是融入主流文化过程中成功保持自己的族裔特性。"既保留本族群的主要文化特性，又积极地吸收所在社会的文化特质以及其他族群的优良特质，是现代流散群体在对待族群性问题上的主要方向。"① 对华人的身份混杂问题，他认为华人现代流散群体的最佳状态，是在移入国既能保持自己的文化身份，又能逐渐融入主流社会。研究者范可进一步指出，离散的视野不应再局限于一家一国、"背井离乡"，而要放在全球化语境之下。② 同样的，托马斯·弗里德曼（Thomas Friedman）在《世界是平的：21世纪简史》（*The world is Flat：A Brief History of the Twenty-first Century*，2006）一书中强调流散化是全球化扩散意义的隐喻。英国历史学家阿诺德·J. 汤因比（Arnold J. Toynbee）在《改变与习惯——我们时代的挑战》（*Change and Habit：The Challenge of Our Time*，1966）一书中也早就预言未来世界里，民族国家将被离散社区取代。因此，在对华人及华人社群的身份认同进行研究时往往需要结合族群、社群、移民、跨国主义和多元文化的研究理论来进行。

随着1943年《排华法案》的结束，华人迎来移民新浪潮，华人的身份和社群组成随即发生了改变。学者钱超英曾指出："移民命运是不同种族、文化、社会和阶层等权力关系跨国、跨地区复制、投射的结果。"③ 学者芭芭拉·沃斯（Barbara Voss）在《海外华人社群的考古研究》（*The archaeology of Overseas*

---

① 朱敬才：《流散研究的兴起及其基本动向》，《社会》，2012年第4期，第194~213页。

② 范可：《移民与"离散"：迁徙的政治》，《思想战线》，2012年第1期，第14~20页。

③ 钱超英：《广义移民与文化离散——有关拓展当代文学阐释基础的思考》，《深圳大学学报（人文社会科学版）》，2006年第23卷第1期，第97~101页。

Chinese communities，2005）一文中认为，华人离散社群的居民并不总是在中西方或是传统与现代的对立中生活。华人社会学家周敏认为华人社会的变迁，如唐人街的逐渐开放，说明了华人在美国身份和地位的提高，体现了华人从隔离到融入美国社会的主观意愿。[①] 华裔美国文学中的文化冲突、父子、母女、寻根、美国梦、家园等共同反映的是华人和华人社群在"离散"（diaspora）状态下与主流社会隔绝、抗争、同化、协商甚至妥协的过程。华人的离散历史对应了华人不同阶段身份认同的形式。随着华人及其后裔在美国不断落地生根，华人及华人的离散群体有了新的社会特征。

华人及华人社群新特征体现了华人身份认同发展到了一个新阶段。文学主题从身份问题的讨论走向了更加开阔的视野，这是对华人与华人社群身份认同的镜像反映。华人身份认同整体呈现多元认同、全球性视野、双重效忠、双重身份局面，预示着身份认同的纠结和杂糅。同时，现代移民的处境往往还是他们"原初国"在世界格局中地位的投影。因此，对立形式上的消解，更多的华人融入主流社会并非意味着华人身份的彻底转变，是"美国人"还是"中国人"的身份困惑依然在华裔美国文学中不断重复书写。

四、小结

华裔美国文学的文学性转向与华裔在美国身份地位的变迁有着相互印证的关系。英国学者斯图亚特·霍尔在《文化身份与族裔散居》一文中指出："文化身份是有源头、有历史的。但是，与一切有历史的事物一样，它们也经历了不断的变化。它们决不

---

① 周敏：《美国华人社会的变迁》，郭南译，上海三联书店，2006年，第110～111页。

是永恒地固定在某一本质化的过去，而是屈从于历史、文化和权力的不断'嬉戏'。"① 虽然在华裔美国文学作品中，对族裔文化、身份焦虑的探讨并未停止，但更多作品开始具有更开放的"全球化"格局，更多强调艺术性、可读性。华裔文学主题中身份的模糊性与华裔在美国社会地位的变迁有着紧密的联系。当今对于第一代移民，特别是新移民群体占多数的华人群体来说，整体经济收入、社会职位、政治地位较之过往有了很大提高。大多数新移民不仅教育水平较高，还带着雄厚资金和社会资本进入美国，融入美国中产阶级。文学中身份讨论的模糊性及文学性的转向也在这个层面上印证了华人面临的新机会和挑战。因此，华裔美国文学的研究也不应该局限于考量作家的中国性，而应该关注华裔群体在美国的生存境遇和心态流变，重视华裔在美国的生活经历，关注华裔社群在社会生活多方面的表现。华裔美国文学的主题变迁说明华裔文学探讨的话题将更加宽泛，华裔美国文学研究也应该相应地做出调整。

第二节　从《虎妈战歌》论华人文化认同与社会融入

2011 年，耶鲁华人教授蔡美儿（Amy Chua）在《纽约时报》上发表了《何以中国母亲更优秀》（*Why Chinese Mothers Are Superior*，2011）一文，同年出版了颇有争议的著作《虎妈战歌》（*Battle Hymn of the Tiger Mother*，2011），引起了美国主流社会大量讨论和批评。在书中，她以亲身经历为线索，讲述了如何在美式家庭中严格施行中式教育模式，成功培育出两位学业出众的女儿的故事。此后，"虎妈"（tiger mother）、"狼爸"

---

① 罗钢、刘象愚：《文化研究读本》，中国社会科学出版社，2000 年，第 211 页。

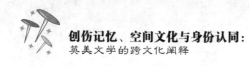

（wolf dad）成为奉行中式教育模式的家长的代名词，即为了孩子能进入名校，不惜采用各种高压手段逼迫孩子学习并取得高分的父母。"虎妈"式的中式教育引发了美国社会的强烈批判。这种愤怒是如此强烈，以至于蔡美儿甚至收到了死亡威胁。

同年，韩裔美国青年韦斯利·杨（Wesley Yang）在《纽约时报》上发表了一篇名叫《纸老虎》（*Paper Tigers*，2011）的文章。他在文中指出，美国主流社会认为学业出众的亚裔在职场上并不出众，中式教育模式依然不会带来西方社会所认可的社会成就。尽管如此，各类学科、才艺培训班仍不断出现在美国各级学校的附近，公立小学里的华人子弟依然热衷于奔赴各个培训点。这似乎说明，倍受西方主流社会批判的中式教育，仍是华人首选的教育模式。美国华人的教育方式，反映了华人对家庭教育模式和观念存在着与美国主流社会不同的看法和选择，华人更愿意融合西式教育的资源，并采用中式的教育模式，重视中华传统美德的培养，以此来实现华人的"美国梦"。

华人融入美国主流社会的意愿，与华人文化传统和身份被美国主流社会认可的现实还相差甚远，华人与主流群体之间的文化差异和选择将长期存在。因此，本节旨在讨论华人融入美国主流社会的方式，即教育理念和成就理念在中美文化理解中的差异及其根源，并对美国多元文化政策，以及在美华人的社会融入程度进行深一步的思考。

一、文化认同与美国华人的社会融入

华人对美国主流文化的认同，随着华人在美国社会的融入方式的变化而变化。学者琼·菲尼（Jean Phinney）于 1992 年在《多族群认同测量：一种适用于不同族群的新量表》（*The Multigroup Ethnic Identity Measure：A New Scale for Use with Diverse Groups*）一文中提出了自我认同、族群、民族的概念与区别，认为亚裔更关注移居国对祖籍国的文化态度。之后，学者对自我认同展开了更深入的研究。华人研究学者龙潮起定义"认同"（identity）是"主要用来阐释个人或群体与家族、方言群、地方社群、阶级、民族、国家、全球等各种不同层次社会集合体的关系"①。针对华裔对母国和寄居国文化认同的差异性，学者伯纳德·黄（Bernard Wong）在《种族与创业精神——旧金山湾区的新中国移民》（*Ethnicity and Entrepreneurship：The New Chinese immigrants in the San Francisco Bay area*，1998）一书中总结华人文化"适应"（adaptation）的方式有以下几种："完全同化"（complete assimilation）、"中美混杂"（hybrid ethnicity）、"保持中华文化和认同"（authentic Chinese）、对族裔身份"不关注"（detached）。文化同化论者认为移民终将完全认可移居国文化，其中不少研究认为"同化"是接受共同的、现代的、先进的、进步的思想和价值观；多元论者则认为移民和自己的族群在美国社会中相互依存，共同促进发展。不少研究论证了早期华人更认同中华文化。具体来讲，如学者龙潮起认为华人既认同自己的美国公民身份，又认同中国文化，具有双重身份认同。② 学者杜宪兵认为美国华人文化认同呈现多元化状态。③ 还有研究认为华裔的"同化"策略更接近于文化"融合"的概念，即融入先进的观念，而并非对寄居国文化不加区分地全盘接受。但随着更多华人在美国落地扎根，以及美国移民政策和对华态度的转变，华人对传统文化认同和美国公民身

① 潮龙起：《美国华人认同的历史演变》，《史学理论研究》，2014 年第 2 期，第 78~88、160~161 页。
② 潮龙起：《美国华人认同的历史演变》，《史学理论研究》，2014 年第 2 期，第 78~88、160~161 页。
③ 杜宪兵：《"恋旧"与"洋化"：纽约唐人街美国华人的民俗生活与文化认同》，《民俗研究》，2009 年第 1 期，第 234~245 页。

份的态度也不断发生变化。针对当今华人的身份认同问题，认同混杂性及"落地生根"的家园观是主要特点和目标。但不论是文化的"同化""融合"或是"多元"，都阐释了华人在美国社会融入的趋势，表明华人在历史发展中不断调整族裔文化和美国主流社会文化的互动，用接纳、包容、同化、融合等方式，以增强华人在美国向上的社会流动性，实现华人"美国梦"。

但是，华人社会融入不单指美国华人通过自我努力留在美国，取得美国绿卡成为公民，或者到达第三国成家立业，又或者成为"世界公民"等层面上的"融入"。曹一宁认为，少数移民族裔应该在居住国的经济、政治、社会和文化等各个领域发挥积极作用，与美国主流社会间形成相互接纳、相互肯定的主客体关系。① 也就是说，华人的社会融入，还应包括华人文化传统在美国社会各个层面被充分理解和尊重。

华人的社会融入是符合美国多元社会发展要求的，但是华人融入美国社会从不是华人单方面意愿就可以实现的问题，来自美国主流社会的尊重与接纳同样重要。出于"落地生根"的需求，作为少数族裔的华人在主观意愿上希望努力融入美国主流生活，能在美国社会获得较高的社会地位和成就。因此，他们在家庭教育中把培养适应美国社会、有所成就的下一代作为教育目标。这样的文化观念和家庭教育正是"美国梦"的具体体现。然而，美国主流社会对中式教育模式的质疑，体现了华人实现"美国梦"的方式在美国主流社会所遭遇的文化壁垒。一个族群的身份和文化认同，极大程度受到家庭、学校和社会的影响，而教育是影响族群身份认同的重要因素。华人所推崇的中式教育方法正是华人自我文化认同的方式之一。但是，历史上从早期华人移民开始以

---

① 曹一宁：《浅析海外华人商会与华人融入主流社会——以海外温州商会为例》，《前沿》，2012 年第 14 期，第 95～96 页。

来，华人身份与文化被接纳就充满了艰辛与抗争。

二、华人融入美国社会的历史和现状

在 19 世纪初到第二次世界大战之前，我国沿海地区尤其广东珠江三角洲的大批华工在政治动乱的背景下，受美国旧金山淘金热的吸引，背井离乡、远渡重洋，踏上美国的西海岸，参与美国西部大开发和淘金热中。"衣锦还乡""光耀门楣""振兴家族"是他们当时的"美国梦"。随着华工大量涌入，加利福尼亚州的反华骚动频频爆发。

1882 年美国政府颁布了《排华法案》，对华人实施更加严厉的种族压迫，导致大量华人无法取得合法公民权。各种华人会馆、商会、同乡会等聚集场所在这样的背景下不断建立。这些华裔聚居地及社团成为华人的思乡之处，成为他们寻求族裔支持，获得最初发展机会的资本源泉，更是他们抵御种族冲突的避难之所。这些商会、宗族通常聚集在城市的某个街区，并逐步发展成为华人"族裔聚居地"的最初形式——唐人街。在很长一段历史时期中，唐人街一直是种族封闭的社区，是华人聚居区的标志。

早期华人社会呈现封闭和隔离状态的原因是多方面的。华人在美国坚持自己的饮食和生活习惯，他们说着家乡话、留着辫子、穿着中式长袍、沿袭传统的祭祀和节日庆典，他们的心愿大多是发财致富后回到侨乡与亲人团聚。他们的行为举止与信仰和"盎格鲁-萨克逊"民族的生活方式，以及基督教文化有着巨大差异，因而被认为是落后的、古怪的。随着美国大陆铁路修建的完成，以及随之而来的资本主义经济危机，吃苦耐劳的华人被认为是白人失业的根源，被称为"黄祸""异类"或者"苦力"(coolies)、"约翰支那人"(John Chinaman)、"清克"(Chink)、"异教徒"(Heathen) 等。身着传统服饰的华工被"妖魔化"后作为海报贴在大街小巷。在此后的很长时间内，华人对西方的文

化理念，以及美国主流社会对华人所代表的中华文化是相互拒绝的。在华人社群内，华人选择用中文相互交流，以传统道德标准来要求子女。在社群外，华人被主流社会文化排斥，从而做最底层的工作，拿最低的薪水。华人的社会融入在主观意愿和客观环境上都无法实现。

第二次世界大战是华人在美国社会融入的转折点。第二次世界大战中华人积极加入同盟国，参与反法西斯战争，在战场上展示出无边的决心和勇气，做出了巨大的牺牲和奉献，这在一定程度上改变了西方社会对华人的看法。20世纪中期，随着《排华法案》的废除和美国民权运动的兴起，华人人口数量大幅度提高，男女比例逐步平衡。随着华人与其他少数族裔不断参与"平权运动"①和其他政治活动，华人的身份地位不断获得提高，打破了华人社群与主流群体的封闭和隔阂。华人在美国地位的提高，推动了华人趋向同化于美国主流社会。此后，华人自我身份认同也逐渐从"移居者"转变为"定居者"。

拥有了公民权的华人不断融合于美国社会，美国社会也逐渐接纳更多华人进入主流社会，但与此同时，华人也面临着更多新的挑战。在工作上，第二次世界大战后华人职业分布发生了很大改变。华人最早从业于底层职业，到了20世纪50年代后，华人开始从事于小生产、蓝领工作，或者进入了专业技术性稍强的领域。在教育上，孩子们接受老一代华人严厉的约束，努力、勤奋、孝顺、责任、脸面是华人家庭教育伦理的核心，关注集体利益、忽视个人价值是传统价值观念的基础。②受到中美两种文化

---

① "平权运动"：又称为"肯定性行动"（affirmative action），是美国依据《1964年民权法案》以总统行政令的形式发布的政府政策。主要内容为保障少数族裔、女性等弱势群体在就业、教育等方面免受歧视和不公正的对待。

② 莫里森·G. 黄、黄兆群：《美国华人家庭》，《民族译丛》，1993年第4期，第19～31、64页。

教育的华人后裔，开始为自己的认同冲突而感到困惑。新老移民之间的文化冲突、代际冲突是此时华人家庭经常要面对的问题。比如土生华人多在美国公立学校中受教育，觉得白人的文化理念更有吸引力。"穿戴够酷，去看球赛，吃汉堡薯条，全家出外度假，开心享乐，随心所欲，不用受父母管教约束，那才是最酷的。"① 尽管华人内部存在着认同分歧，但华人族群依然产生了巨大的向上社会流动性，有着强烈意愿融入美国主流社会。同时，勤恳地工作、出色的学业、良好的道德品质也让华裔获得了不错的社会口碑。但是，华裔融入主流社会的层次和被社会认可的程度是有限的。不少美国人视亚裔为"异族"、"永久的外国人"、"二等公民"、经济萧条的"替罪羊"，甚至还无故残害和迫害华人。同工不同酬、不平等竞争、政治力量薄弱、华人社会地位仍然不高、重要职位的华人人数仍旧寥寥可数，这都是华人需要不断面对和解决的问题。总之，20世纪中期的美国华人依然遭受不平等的待遇，社会融入最大困难依然是种族歧视问题。

改革开放以后，随着更多华人"新移民"② 的到来，华人社会人口结构和经济社会地位发生了巨大变化。新移民中有大量来自中国大陆的华人，他们要么带着雄厚的投资资金，要么经过了"超高端筛选"，具有很强的社会竞争能力。"超高端筛选"是社会学家周敏给出的定义，指的是"移民群体的平均教育水平既高于祖籍国的平均水平，也高于移居国的平均水平……它所带来的社会效益包括族群在社会流动中的起点优势、族裔社区资源丰富程度以及移居国社会对该族群的正面刻板印象的期望

---

①　周敏、刘宏：《美国华人移民家庭的代际关系与跨文化冲突》，《华侨华人历史研究》，2006年第4期，第24~31页。

②　华人"新移民"：按照曾少聪、曹善玉在《华人新移民研究》一文中的说法，华人新移民包括20世纪50年代以来的中国大陆移民、中国台港澳移民和东南亚华人二次移民，其中来自中国大陆的移民主要出现在1978改革开放政策实施后。

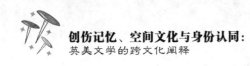
(stereotype promise) 和模范少数族裔等"①。新移民较之以往华人移民，他们收入水平有了大幅度提高，社会地位也得到进一步的提高。到 20 世纪 80 年代，华人的就业领域扩展到了技术含量较高的医学、法律、机械、土木工程、科研、金融等行业。百万华人中有十分之一在从事教育、科技工作。在 20 世纪 90 年代出现了华人大学校长，数学和物理领域有了华人诺贝尔奖获得者，还有华人进入联邦政府担任州、市政府议员，商界华人精英影响力也进一步扩大。随着中国经济的发展和中华文明的传播，华人的中华文化认同感和自豪感也得以增强。但是，学者周敏也指出，华人移民衡量自己是否成功，不仅在于他们能否达到事业上的高峰，或能否达到中产阶级的主流社会地位，还在于他们的子女能否达到较高的受教育程度。对教育的重视使华人在家庭教育中认识到传统的价值观念，如勤劳、节俭、努力、拼搏能使子女在学业上出众，以便获得一份更好的工作，因此他们格外重视子女的教育，并愿意为子女尽可能创造好的教育条件。

在华人的新移民时期，家庭教育帮助了华人向上的社会流动，使他们不断跻身美国社会中产阶层，甚至成为社会精英。但与此同时，中式的家庭教育和华人族裔背景在某种程度上似乎又阻隔了华人更深层次的社会融入。在华人的社会流动模式中，有着良好教育背景的华人白领也难以进入行业管理高层。他们会遭遇职场"竹子天花板"②，被视为"永久的外国人"，甚至遭受严厉的歧视和打压。华人往更高阶层的社会流动仍旧十分困难。如财富 500 强企业中，亚裔 CEO 人数仅占 1. 4%，管理层人数只

---

① 周敏：《从社会学视角谈美国亚裔研究、华裔教育与华人慈善》，http: // scholarsupdate. hi2net. com/news. asp? NewsID=25318。

② "竹子天花板"：来自韩裔女性简·海云（Jane Hyun）2005 年出版的《打破竹子天花板：亚裔的事业战略》一书，指亚裔面对的一种无形的升职障碍，他们很难成为高管，也很难扮演领导角色的社会现象。

有 1.9%；63%的亚裔男性认为自己的事业止步不前，这个比例超过非裔、西班牙裔和白人。[①] 2019 年初，伯克利加州大学发表官方报道，驳斥指控华裔教授和与中国企业合作的研究员可能充当间谍或者做损害美国利益的工作的言论。[②] 2020 年 5 月，据BBC 报道，仅从 3 月到 5 月期间，就有将近 1700 宗与新型冠状病毒有关的针对亚裔的歧视报告。[③] 华人的社会融入面临更加艰难的局面。

尽管遭遇各种壁垒，但融入美国主流社会是华人的强烈意愿。"在美国依靠教育阶梯的引导向高收入和上流社会流动又几乎是一项公认的社会原则。"[④] 不少华人愿意采用中式教育模式，并结合美国公立教育资源来鼓励孩子勤奋刻苦，以进入美国最好的大学。但这种教育方式和文化理念被主流社会一致否定，认为在"填鸭式""虎妈式"教育下的华裔缺乏领导能力和冒险、创新精神，不适合进入更高的职位。不仅如此，主流社会积极推进的"平权运动"，还使华裔失去了许多本该获得的政府资助及其他社会福利保障。中式教育模式的目的是符合美国社会发展原则的，但是中式教育的主观动机和客观效果却差强人意，这不仅引来对中西方教育孰优孰劣之争，还导致主流社会对华人刻板印象的加固。矛盾的根源究竟在何处？

---

① 王溪:《"竹子天花板"切断美国亚裔晋升路》，http://qnck.cyol.com/html/2017-02/22/nw.D110000qnck_20170222_1-13.htm。
② 《伯克利加州大学：重申我们对华裔教授和与中国有合作的研究人员的支持》，http://scholarsupdate.hi2net.com/news_read.asp?NewsID=26332。
③ 张英华、冯兆音、邓波儿:《新冠病毒：遭遇疫情歧视的美国亚裔何去何从》，https://www.bbc.com/zhongwen/simp/world-52824216。
④ 张戎:《"融入主流社会"进程中的美国华人文化》，《八桂侨刊》，2000 年第1 期，第 21~27 页。

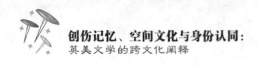

三、华人社会融入的矛盾根源探究

二代华人"虎妈"蔡美儿将严厉的中式家庭教育模式推到风口浪尖。"十年寒窗""天道酬勤"等观念成了中式教育模式的代言。华人推崇中式教育，究其原因在于他们坚信：教育是抵制歧视的有力武器，教育能帮助华人子女维系民族自尊心，优秀的学业表现可以增加华人的身份认同感。[①]

此外，中式教育与美国主流中产阶级奉行的教育观念十分相似。美国主流阶层在教育上也崇尚自我奋斗、独立思考、看重实践能力的培养，以及强调创新观点和学习兴趣。如美国 10 分公立学校[②]和享受盛誉的顶端私立学校管理制度十分严格，对学生的学科能力要求很高。从 20 世纪 60 年代到 21 世纪初，在美国中产阶级家庭支出中，针对孩子教育支出的份额逐年递增，说明美国中产阶层十分重视教育。但是，华人家庭教育培育出来的孩子被认为是"高分低能""缺乏领导气质"，而白人中产阶级的孩子总被认为在能力上比其他族裔略胜一筹。中西方相似的教育观念却有不同的社会认可，华人家庭教育模式成了华人形象和性格刻板印象的"罪魁祸首"。两种教育模式成就差异的根源在何处？是华人教育理念"阻碍"了华人的社会融入吗？

首先，华裔奉行实用主义教育观，大多鼓励子女选择理工科专业，部分家庭对西方文化中重视的语言、思辨等能力的培养稍显不足。华人从事的行业偏向于电脑科技、工程、销售运营等，

---

① 王乐：《教育与华人子女的族群身份认同研究——以格拉斯哥为例》，《教育学报》，2016 年第 12 卷第 5 期，第 81～90 页。

② 10 分公立学校：依据美国网站 https://www. greatschools. org/gk/ratings/的多种评分标准，评选出 1～10 分的排名，10 分是最高，代表着学校最好。分数排名通常也是学区房选择的依据之一。学区好代表当地税收高，投入学校的费用也高，学区对学校的建设和发展有巨大的影响作用。

而较少从事文学艺术类职业，对政治活动和社会公益事业的参与性也不高。但是，华人重理轻文并非没有原因。美国对华移民政策一直以来都倾向技术移民，且技术移民更容易获得美国签证、找到工作并在社会上立足。没有工作签证、得不到绿卡的华人没有办法在美国"落地生根"，没有工作如何实现"美国梦"？从美国 2020 年大学专业就业排名可知，计算机、数据科学、认知科学、机电工程、化学工程、药学等仍然是社会就业率最高的专业①，而文科类就业率并不理想。美国社会大环境重理轻文，华人在择业上当然就会有偏颇。

其次，从就业情况看，少有华裔在跨出学校、进入职场后能成为主流企业的领导者。华裔和其他少数族裔在同一个地区所接受的公立教育在内容、水平上趋于一致，他们获得的文凭含金量也一致，但是其他少数族裔如印裔却因为语言和认同优势更能融入主流社会，更能被主流社会所接受。

此外，华人家庭教育观与美国"平权运动"还有直接联系。"平权运动"的初衷是按照族裔数量划分就学、就业比率，来保证各少数族裔能有足够人数上学和就业。但是"平权运动"并不"平权"。华人要去好的中学，需要以超过其他族裔更多的分数或者提供更多的额外证明条件。亚裔家庭普遍重视教育以至于亚裔内部就学名额竞争激烈。有些学校甚至出现只要某一课程中华人选课人数一多，其他学生就会投诉或者退课，因为他们认为华人学生会让这门课竞争变得激烈，不容易拿高分。因此，平权运动的配额制度并没有真正给华人带来平等权利，而成为主流社会把少数族裔之间的竞争转化为华裔内部竞争的手段，加剧了华人家

① Stacey Colino: 8 College Majors With Great Job Prospects, https://www.usnews.com/education/best-colleges/articles/2018-09-11/8-college-majors-with-great-job-prospects.

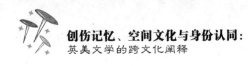

庭对教育的投入。除此以外，华人家庭教育不被美国主流社会接受认可，更重要的还有深刻的文化认同差异。

最后，从成就观念来说，华人一般有三大"美国梦"：拥有自己的房子、开公司、孩子上"藤校"。对教育的重视让华人培养出一群在学业上很有竞争力的孩子。这些孩子多才多艺、社会适应性强、就业"硬件"十分抢眼，在工作中也能展示出持久耐劳的韧性，因而能产生较强的向上社会流动性。但美国主流社会认为评价成就的标准不是"藤校"和薪水，而是自由与幸福感，这种自由与幸福感不是通过竞争获得的，只是白人特有的权利。华人对教育成就的追逐撼动了白人的优越感，白人认为中式教育模式培养的人才必然不是美国主流社会定义的"人才"，更有甚者，他们把"东方面孔"当成亚裔性格能力刻板印象的体现。

可见，中西方教育观念的差异还不能说明华人融入主流社会遭遇的阻力根源，教育观念的差异根本上反映的是文化差异。周敏等学者在《亚裔成就的悖论》（*The Asian American Achievement Paradox*，2015）一书中认为华裔学业出众得益于儒家传统文化因素的影响；华人家庭不断强调传统教育中"坚持""努力""执着"的学习品质，并结合美国教育的优秀理念和资源来提高社会地位、经济水平，以此加快华人在美国社会的融入过程，实现华人的"美国梦"。然而美国主流社会对华人教育观、教育成就的排斥，以及积极营造华人刻板印象的行为，说明了华人融入社会的阻力根源依然来自文化观念的差异和冲突。

关于少数族裔与主流族群文化冲突的根源，已有不少学者进行过讨论。早在 1879 年，美国社会学者、经济学家亨利·乔治（Henry George）在《进步与贫困：对工业萧条的原因以及随着财富的增加而导致需求增加的调查》（*Progress and Poverty：An Inquiry into the Cause of Industrial Depressions and of Increase of want with Increase of Wealth；The Remdy*，1879）

一书中就认为历史上排华问题的根源在于华人与白人之间"文明"的冲突。萨缪尔·亨廷顿（Samuel Huntington）于 20 世纪 90 年代正式提出"文明冲突"（Clash of Civilizations）理论。在《文明的冲突与世界秩序的重建》（*The Clash of Civilizations and the Remaking of World Order*，1997）一文中，他指出文化是截然分隔人类和引起冲突的主要原因，并预测未来文明的冲突必将在西方基督教文明与中国儒家文明之间展开。他认为引起世界动荡和全球冲突最可能的唯一原因，在于西方世界对于其他文明世界的干涉，且中西方文明差异更持久，更难妥协。此外，亨廷顿还指出，新移民坚持自己原来文化的行为很有可能冲击占支配地位的殷裔文化。因此，作为美国少数族裔的华人，虽然在形式上与其他族裔的藩篱基本已清除，但与主流社会的文化差别将长期存在。首先，从教育观念来说，华人推崇中式教育模式，尤其重视中文的学习，反映出华人希望在受美国文化同化时对中华传统文化有所保留。但对美国主流社会来说，他们担心华人家庭教育代表的儒家文化会冲击以"个人主义""平等""民主"为核心的美国"普世价值观"和基督教清教主义，担心华人家庭看重面子、孝顺、集体和社会关系的行为，会削弱主流社会推崇的个人价值、个人利益和个人自由。其次，从华人成就来说，拥有高学历、雄厚社会资本的华人不断跻身于美国社会各个重要行业，广泛参与政治事务，其强劲的社会竞争力冲击了白人各个阶层的经济利益，令他们产生畏惧心理。随着美国经济实体的衰落，不少白人只能再次寻找经济衰退的"替罪羊"，不断去抨击华人的教育理念和教育成就，营造华人性格刻板印象的偏见，来维护自己的经济、政治利益。

亨廷顿曾指明，西方价值观并不是"普世价值观"，甚至有些观念还是错误的、不道德的、危险的。众所周知，美国是一个移民国家，奉行的多元文化政策不仅要致力于给予妇女和少数民

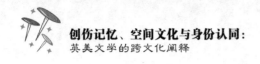

族公民权，还在于对与主流文化观有差异的其他族裔文化世界观的理解。多元文化理论已经否认了西方价值观念作为唯一评价标准的事实。从"大熔炉"到多元文化主义的理论变迁体现了各少数移民族裔一边接受主流社会文化熏陶，一边坚持自己的族裔文化、保留传统文明特色的社会事实。华人家庭保留自己的教育特色，正是美国多元文化社会的一个写照。

四、美国华人的社会融入和美国多元文化政策

美国华人要顺利融入美国主流社会并不是一个依靠单方面努力就能实现的问题，华人的自我努力和美国多元文化政策的合理施行缺一不可。美国华人一方面越来越多地吸收当地文化，积极向主流文化靠拢；另一方面又要因为自己的族裔身份而对抗来自主流社会的各种阻力。许多研究者都认为大多数华人有着强烈融入美国社会的愿望，大都把中国视为文化和血脉源泉。学者邓蜀生指出："凡是愿意尊重客观实际而不抱偏见的人都理解：汇合进社会主流，决不等于文化特征、民族差异的消失。"[①] 但随着土生华人的增多，他们对美国的文化认同最终将成为华人身份认同的主流。因此，华人既要维护本族裔的传统和权益、保留自己的文化习惯，也要能够超越族裔思想局限、辩证看待各种文化交融碰撞的根源。只有这样才能实现华人在美国进一步的社会融入。

具体来说，华人要辩证思考美国主流社会形成的中式教育偏见和华人性格刻板印象之间的联系。"填鸭""高分低能"通常被笼统指代为中式教育模式，但是中式传统教育理念的精华如"勤奋""拼搏""坚持""吃苦耐劳"却被主流社会有意忽视。华人

---

① 邓蜀生：《关于美国华人历史的几点思考》，《世界历史》，1988 年第 1 期，第 116~127 页。

认可和尊重美国学校课程体系和成绩评价标准的多元化，不断增加在职场和政治活动中的活跃度，出现了不少企业高管和政治要员。正如蔡美儿勇于面对社会争执不休的讨论，为亚裔勇敢地发出了不一样的声音。这是对华人刻板印象的有力批判和纠正，但主流社会却视而不见。因此，中式教育模式和华人性格刻板印象并非因果关系。当然，华人也需要避免将曾在中国经历的教育情结转移到美国社会。西方的教育环境和人才考核标准与中国有着巨大的差异，华人的家庭教育观念要考虑社会环境的变化，要尊重美国教育和主流文化对下一代的必然影响，以避免产生激烈的代际和文化冲突。

除了正确对待华人刻板印象，华人还应该参考其他亚裔尤其是印裔族群团结的特点，以群体实力体现中华文化精髓和特色，而非仅仅依靠社会精英推动主流社会的接纳和认可。由于华人移民群体的教育水平、经济层次不一，这就需要结合华人社团和社群的共同努力，让更多底层华人能充分利用族裔和社群资本来适应社会需求、站稳脚跟，以实现向上社会流动的可能性。对华人社团和社群来说，也应该在职能上不断调整来适应华人居住分散的特点，积极地采用各种有效的沟通方式，如运营网站、建立联络点、开展社区活动等来促进华人团结一致，共同参与更多的公共事务，使华人社区不仅成为精神聚拢的核心，也成为华人族群文化特色的标志。

针对美国多元政策，华人应该积极关注各项政策的制定与施行。文化多样性体现了美国的民主思想，有利于社会竞争的开展。多元文化政策要求不同的民族相互承认、尊重并履行对国家的义务和责任。美国学者沃森（Watson）在《社会科学中的概念：多元文化主义》（*Concepts in the Social Science：Multiculturalism*，2000）一文中概括多元文化主义包含了文化观、教育观、历史观和公共政策。对华人来说，确保文化观、教

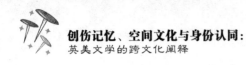

育观多元化最直接的方式，在于确保多元文化公共政策的平等施行，并加强监督其施行效果。2018 年 7 月，美国司法部曾宣布特朗普政府将废除《平权法案》。《平权法案》的废除，意味着美国大学录取新生时将会采取"种族中立"的态度，录取名额不再受种族配额的限制。亚裔名额是否能如愿增加？此举动包含太多未知可能。华人应该警惕美国大学录取时是否真正实现了"族裔中立"，要积极统计亚裔学生尤其是华人录取比例，以分析判断华人的平等权益是否得到保障。同时，在美国多元化教育体系下，华人还应该关注多元文化教育课程是否顺利开设，关注某些有利于族裔文化的教育课程的开展，比如促成某些州将中文作为华人学生第二或者第三外语并取得相应学分。总之，有利于华裔和族群文化的政策应该积极关注。

五、小结

中美教育模式之争虽然反映的是教育理念差异，但是对于有着不同教育理念，或者选择中式教育模式的华人家庭来说，"虎妈"教育体现了华人在美国社会中，为了得到平等教育条件和就业机会需要付出更多努力和代价。华人融入美国主流社会的历程，经历了从早期被拒绝、第二次世界大战后被接纳到当代社会逐步融入的过程，并为此付出了艰辛的努力。但是单方面的努力是不够的，华人依然遭遇不平等对待，甚至饱受主流社会的怀疑和排挤。华人教育理念与主流社会的差异表明，在美国多元文化主义的社会环境里，中华传统文化与主流文化的冲突将持续存在。华人需要正视自己保留的文化理念与不断同化的身份认同之间的差异，要理解文化的差异将长期存在，还要加强发挥华裔社团和社群的力量，扩大华人"民族性"的正面形象，以改变华人性格刻板印象。同时，多元文化政策的实施和推行也需要华人的积极参与。华人要维护本族裔的传统和权益，还要超越族裔身份的束缚，辩证分析有利和不利的社会变革，从而实现华人更深层次的社会融入。

第三节　从唐人街到法拉盛
——《落地》中的家园与身份讨论

　　"家园"是华裔美国文学中永恒的话题之一。随着时代的变迁，何为"家园"，如何建构家园，在不同时代均有不同的内涵和意象。19世纪初，华工远渡重洋，封闭的唐人街虽然让华工有了暂时的安身之所，但唐人街并非"家园"，更非"故乡"。华工在美国的悲苦生活境遇让他们渴求荣归故里、落叶归根，华工的家园梦在美国无法实现。1943年《排华法案》废除之后，美国迎来华人移民的新浪潮。大量华人妇女的入境，使唐人街曾经几乎清一色的男性人口结构发生变化，华人家庭数量大幅度增加。组建家庭不等于获得"家园"，华人虽然渴望"落地生根"，但是落地于何处、如何生根、如何重建"家园"，这些都是当时华人面临的艰难选择。

　　中国改革开放后，随着大量拥有经济资本、较高教育水平和技术水平的华人新移民涌入美国，他们不再把唐人街作为首选居住地。这些新移民要么组建新的族裔聚居地，要么融入美国中产社区，努力向美国主流社会靠拢。对居住地的描写与"家园"的追寻，不断出现在这个阶段的华裔美国文学中，反映了华人在美国寻求自我认同的复杂过程。新移民文学的代表人物哈金在短篇小说集《落地》中，把故事背景设立在纽约华人新移民聚居区——法拉盛，描写了在法拉盛生活的各行各业华人的不同境遇。本节试图通过回顾中西方文化中对"家园"的定义来阐释新移民对"家园"的理解；通过剖析《落地》中冲突与重叠的"家园"空间意象来折射华人在美国的社会状态，体现他们矛盾、拉

扯之中的身份认同；通过讨论法拉盛的发展背景、精神象征来揭示华人身份认同遭遇的挫折及蕴含的新时代挑战。

一、中西方文化中的"家园"意义

"家庭/家园"（home）的提法因国别而异。美国英语文学与文化研究学者萝丝玛丽·玛瑞戈莉·乔治（Rosemary Marangoly George）在著作《家园政治》（*The Politics of Home*，1996）中认为，英国文学（来自英伦三岛或者其殖民地的文学作品）中的"home"主要指"家庭生活"（domestication）。她认为在后殖民话语和移民作品中，"home"更多地理解为"家园"，其与地理、心理和物质水平相关，是一个具有选择性"包容"与"排他"的场所。在该书开篇和尾声，她说"所有的小说都患有恋家症"（All fiction is homesickness)[1]，"所有的恋家症都是小说"（All homesickness is fiction)[2]。在她看来，"家园"是后殖民小说中一个重要主题，因为后殖民和移民小说中的"旅行"（travel）概念，颠覆了固定的、植根的、稳定的、普遍的"家园"特点，而具有了改变、迁移的意味。同样，贝尔·胡克斯（Bell Hooks）在《选择边缘作为激进而开放的空间》（*Choosing the Margin as A Space of Radical Openness*，1989）一文中也提到她不得不离开称之为"家"的地方，去超越"家"的界限。她认为，家不再只是一个固定的地方，而是不断找寻中的场所；家是人们找到新的方式来

---

① Rosemary Marangoly George：The Politics of Home：Postcolonial Relocations and Twentieth-Century Fiction，Cambridge University Press，1996：1.

② Rosemary Marangoly George：The Politics of Home：Postcolonial Relocations and Twentieth-Century Fiction，Cambridge University Press，1996：199.

看清真相、了解差异之处。① 总之，在乔治和胡克斯的定义中，"家园"可以被总结为一个对抗遗忘、充满差异，同时在变化中调整自我认同的空间，是一个体现主体意识的场所、地点，而不再是一个固定的地理空间。

除此以外，学者还赋予了"家园"更多的政治意义。乔治认为"家园"的精神特征还应该包含：一种拥有共同血脉、民族、阶级、性别或者宗教的成员之间的联系，这种联系依靠爱、恨、权力、欲望和控制。"家园既是逃向之处，也是逃离之处。它的重要性在于它并非敞向所有人，而是少数人为之奋斗的专属领地。……社区是家园的延伸，它从更广的范围里提供与家园类似的舒适或者恐惧。"② 这里，她把"家园"的概念延伸到了一个意识形态层面，一个具有集体色彩的"共同体"：它可以是地理的，也可以是心理上的某个空间。在《家园政治》一书中收录的《轻装前行：家园和移民类属》(*Traveling light：home and the immigrant genre*) 一文里，乔治再次指出：对家的感觉和依恋可以有两种体现，要么是对真实家园的渴望（坐落在过去或者是在将来），要么承认并不真实的、创造出来的但是却具有家庭氛围的家园。在对乔治的家园政治理论做了具体分析后，国内研究学者费小平在《美国华裔文学中的家园政治》一文中也认为"家园昭示着主体—地位之间的构建问题"；家园可以是"归属何处"(belonging) 与"拥有家园" (a home)、与"自身居所" (a place of one's own) 的集合体。③ 在《家园政治：后殖民小说与

---

① Bell Hooks：Choosing the Margin as A Space of Radical Openness，Framework：The Journal of Cinema and Media，1989(36)：15-23.

② Rosemary Marangoly George：The Politics of Home：Postcolonial Relocations and Twentieth-Century Fiction，Cambridge University Press，1996：9.

③ 费小平：《美国华裔文学中的家园政治》，《当代文坛》，2007 年第 5 期，第 138～144 页。

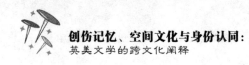
文化研究》一书的第一章中，费小平通过分析多位学者关于"家园"的讨论，总结了30多条关于"家园"的含义。按照费小平的归纳，适用于移民文学的"家园"概念可以理解为：①"家园＝流亡/放逐"；②"家园＝空间＝民族"；③"家园＝想象的共同体"；④"家园指影响日常生活之社会实践的权力化'地形'"；⑤"家园＝历史的、地理的、文化的、心灵深处的、想象的疆界"；⑥"家园＝想象＝回忆＝过去＝失落＝心理错位（处处有家/处处无家）"；⑦"家园＝栖身于两种文化冲突之中且被两种文化所摈弃的'无家'之感"；⑧"家园指建构差异之方式，与性别/性行为、种族、阶级一起，在意识形态层面上决定着主体—地位——'家园'与'自我'呈流动不已的协商的态势。……家园包含着血液、种族、阶级、性别、宗教在内的亲缘关系，同时，家园是人人为之奋斗但只被少数人建构为'排他性'领地的充满欲望的地方。所以，家园既是'接纳性'，又是'排他性'的"；⑨"家园是塑造文化的地点和'呵护场所'"；⑩"家园是暖意融融的空间"。① 总之，在理解华裔美国文学中的"家园"概念时，我们可以简单概括如下：家园不再是一个单一的个体，可以是群体"共同"记忆的意识杂合；家园是个体和群体共同构建的、具有意识形态的、体现权力意志的广泛社会、政治、生活的空间；家园体现了族群"归属何处"（身份）与"自身居所"（家园）的统一；家园更是一个具有包容性和排他性的族裔聚居地，一个带有族裔共同意识的社区空间。

"家园"概念因研究对象不同而涵盖不同方面。华裔美国文学中的"家园"概念曾一度与"故国""故土""乡愁"等地理文化要素紧密相关，而本书讨论华裔新移民文学中的"家园"意

① 费小平：《家园政治：后殖民小说与文化研究》，北京大学出版社，2010年，第24~25页。

象，重点则放在"家园"概念中的"乡愁"、空间的演变，以及主体、身份、族裔共同体对"家园"的构建之上。

二、法拉盛：居所还是"家园"？

在华裔新移民小说中，华人在美国社会中身份认同的变化导致"家园"概念已经不再是单一的"故土"或"故国"象征。以徐学清《冲突中的调和：现实和想象中的家园》一文中的理解来看，文学作品中描写对"家"的感觉是一种想象的、用文化积淀建构起来的家，其中掺杂着华裔作者的精神活动。[①] 哈金的小说集《落地》是一个很好的例子，居所和"家园"意象频繁出现在书中各个故事中。哈金于 1993 年在美国获得英文文学博士后定居美国，《落地》中的故事皆来自哈金生活之地和华人聚居区的新闻报道，绝大部分具有真实性。在《落地》中，12 个故事的背景都设置在华人新聚居区——纽约法拉盛。他以这样的地点、这样的故事来展示尽可能真实的华人生活百态。

在《选择》中，做家庭教师的"我"每日去法拉盛的雇主家给雇主女儿补习。"我"上课的地方"商店的招牌多数带有汉字，让我想起沈阳市里熙攘的商业区"。[②] 虽然法拉盛的街区显得没有那么干净，但是街头雇主的房子是座"带玻璃门廊的双层洋房。双位的车库旁边长着一棵大橡树……周围的房屋挤挤插插，这所房子却恬静又醒目"[③]。在"我"看来，具有家乡气息的法拉盛与街头的洋房好像没有那么不和谐了，变得顺眼了。不仅如此，在雇主家，"我"和女主人母女共进晚餐，使"我"感受到了长久以来缺失的家的氛围和温情。这里的法拉盛似乎给了主人

---

① 徐学清：《冲突中的调和：现实和想象中的家园》，《华文文学》，2007 年第 5 期，第 5~8 页。

② 哈金：《落地》，江苏文艺出版社，2012 年，第 57 页。

③ 哈金：《落地》，江苏文艺出版社，2012 年，第 58 页。

公一种似是而非的"家园"感觉，好像一个"暖意融融的空间"。虽然最后"我"还是离开了这个家庭，但是"家园"的模糊概念已经呈现在读者面前。正如哈金在序言中介绍道："我第一次去法拉盛，见到熙熙攘攘的街道和大量的华人移民。他们大多来自大陆和台湾，在这里落地，开始新的生活。繁杂的街景让我十分感动，我想许多美国城镇一定就是这样开始的，于是我决定将所有的故事安置在法拉盛。……也可以说《落地》是新中国城的故事。"① 可见，法拉盛承载着哈金对故国的"家园"想象。

然而，以哈金为代表的美国华人新移民，对华人聚集区所抒发的模糊的寻家情感，与华人对早期华人聚居区的情感有着本质的差异。早期华人文学作品中把唐人街常常描写成是一个"种族隔离"的街区，或者是肮脏、堕落、压抑、绝望的贫民窟。在唐人街的主人公，要么渴望逃离唐人街、摈弃自己的族裔文化，要么深受现实打击，只能固守在唐人街，从事着社会最低端的工作。黄秀玲（Sau-ling Cynthia Wong）在评价赵健秀时曾说，唐人街是一个封闭的、停滞不前的少数民族飞地（enclave），这里的"家"成为一个不想待的地方，是先祖否认而不是寻求向往的地方。② 在这些文学作品中，唐人街成为囚禁华人的牢笼，成为华人想要逃离的地方，成为一个承载着群体共同记忆，却无法赋予华人自我认同的地方，更成为一个体现华人族群在美国蒙受种族歧视、被主流社会隔离的空间。

与早期唐人街给华人的感受不同的是，《落地》中的法拉盛被赋予了"家园"情感，并且这种情感逐渐获得了部分主人公的认可。主人公开始对它有了暖意融融的家的感觉，而不再是单纯

---

① 哈金：《落地》，江苏文艺出版社，2012年，第1～2页。

② 蒲若茜：《华裔美国小说中的"唐人街"叙事》，《深圳大学学报（人文社会科学版）》，2006年第23卷第2期，第48～52页。

地想要逃离之地。这种朦胧的家园情感与法拉盛形成的时代背景是密切相关的。随着华人新移民的到来，纽约的法拉盛社区（Flushing）、布鲁克林的第8大道（Brooklyn 8Av.）地区、洛杉矶的蒙特利公园市（Monterey Park）及旧金山湾区的奥克兰社区（Oakland）等地区被不断开发，吸引了大批华人来此居住，形成了"多族裔聚居郊区"①的模式。此外，随着互联网的发展，还出现了独具特色的"文化社区"与"文化区间"②等类型的华人社区。这都表明新华人聚居区有了新的精神内涵。这些新聚居区的新居民与之前的华工有很大不同，他们具有来源地多元化、经济背景雄厚、教育和专业水平较高、在美国的居住模式呈现集中化和扩散化的特点。③ 华人新移民的到来及华人在主流社会的融入状态相应地改变了华人聚居地的面貌。

三、法拉盛：共同体的社区

地理上，法拉盛是纽约皇后区一个小镇。在大批亚裔和拉美裔移民移入之前，法拉盛主要常住人口为中下层白人蓝领。随着美国郊区化的发展，大量白人搬离法拉盛，法拉盛曾一度衰败，直到亚裔移民大量涌入才带动了法拉盛甚至整个皇后区经济的发展。华人移民虽然也在逐渐分散居住，但并没有抛弃原来的社区

---

① "多族裔聚居郊区"：李唯在《多族裔聚居郊区：北美城市的新型少数族裔社》一书中认为，"多族裔聚居郊区"包含了居住地和商业区的美国大都市郊区的族裔聚居地，其中某一个族裔显著地集中在一起，但并不一定是这个地方的主要族裔。

② "文化社区"与"文化区间"：令狐萍在《美国华人研究的新视角：文化社区理论》一文中指出，"文化社区"与"文化区间"是由中华文化凝聚力产生的社区，其中华人聚集在一起更多的是为了弘扬中华文化。

③ 周敏、林闽钢：《族裔资本与美国华人移民社区的转型》，《社会学研究》，2004年第19卷第3期，第36～46页。

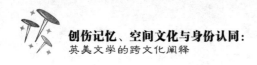
生活习惯，他们新到一处就慢慢聚成一个新的卫星唐人街。[①] 不少学者认为，类似法拉盛的新移民聚居区与旧唐人街有着质的区别。如在法拉盛，各族裔之间交流更加繁杂，比旧唐人街文化上更加开放。[②] 法拉盛的华人新移民教育水平高于全美平均教育水平。开放的、经济繁荣的法拉盛成为不少新移民的首选居所。法拉盛经济发展指数一度为纽约地区首位，住房房价也随着一路飙升。高涨的房价使许多社区一度炙手可热，不少新移民都希望在法拉盛买下新修的公寓。此时，法拉盛逐渐发展成为个体和族裔共同建造的真实与想象中的"家园"，这个新"家园"反映出了华人希望"落地生根"，融入主流社会的强烈动机。

华人心目中的"家园"是一个被主体、群体和社会同时赋予意义之地。正如费小平曾谈道，"家园"是在主体—自我—社会环境互动的过程中，主体对居所的拒绝到接纳，改造与创造，从而在地理和心理上构建的具有"家园氛围"的某个或者某些地点。这些地点还具有"共同体"的特点，即它可以是少数人聚居之地，在此分享共同的心理、社会和身份状态，体现主体、族裔、社会互动的空间。但"家园"绝非中立之所，它可以是被建构、被设计，并负载着浓郁的社会意识形态特征的空间。在华人移民历史中，华人聚居地的变迁充分地体现了华人对"家园"的追寻过程，反映出华人在美国身份和地位的变化。这些地点和空间的变迁也体现了个体对"家园"不同阶段的不同诉求。

在法拉盛居住的华人相对于老唐人街的华人来说，人口结构有了质的改变。《落地》中的华人不再是老唐人街上封闭绝望的苦力、华工，而是在美国各个社会层面，尤其在中产阶层中的活

---

① 綦淑娟：《唐人街：新的观察与解释》，《社会学研究》，1997 年第 4 期，第 124～127 页。

② 曾少聪：《美国华人新移民与华人社会》，《世界民族》，2005 年第 6 期，第 45～52 页。

跃分子。在《落地》中，哈金除了描写处于社会底层的保姆、妓女、洗碗工，也详细刻画了把感情寄托于一只鹦鹉的富有才华的作曲家、上班通勤的白领、为生计而打工的研究生、为评终身教授而终日神经质的大学教师、非法滞留美国的著名教授、怀有绝技的武师等，并把这些有着各类身份的个体人物穿插在家园生活的各种矛盾和冲突之中。

这些冲突体现在主人公对"家园"具有不同的心理依赖，在这个"家园"中通过互动建构出不同的社会意识形态。在《孩童如敌》中，孙子平静地说："这不是你的家。""你们只是我们的客人。"孙女加上一句。而奶奶反驳说："我们把在国内的一切都卖了，包括房子和糖果店；我们到这里来是为了做客，嗯？没心没肺！谁告诉你这不是我们的家？"[1] 在这种冲突中，老一代华人所理解的家园概念和孙子辈的家园概念不再是同一个内涵。老一代华人理解的家园是和家人在一起的地方就是家园，而新一代孙子辈理解的家园是美国主流价值观中实现个人主义和个人自由的地方。这种不同的意识同样体现在《两面夹攻》中，楚天的母亲只有在法拉盛才能找到"老家大县城"的亲切感，才能建立起自己的社会关系。而楚天为了保住法拉盛的居所，采取了主动离职的方式。母子的家园是法拉盛的同一栋房子，却又不是同一个家园。因为，对楚天来说，法拉盛还不是他梦想的家园。

更有甚者，哈金还展示了部分华人对法拉盛的全盘否定。如《美人》中，主人公冯丹怀疑自己美丽的妻子吉娜和同乡出轨，因为他们的女儿"细眼大嘴"，具有典型的东方面孔，而完全不像具有西方脸形特征的他，因为他"目光明亮，高鼻子，长了一头浓发"[2]。在否定女儿外貌的同时，冯丹也否定他们的居所，

---

① 哈金：《落地》，江苏文艺出版社，2012年，第98页。
② 哈金：《落地》，江苏文艺出版社，2012年，第31页。

"他渴望离开法拉盛，……但这一带在文化上还是有些隔绝——整个市里没有一家英文书店……这里大部分移民日常不用英语。不管去哪儿，你见到的都是餐馆、发廊、零卖店、旅行社、律师办公室——只有生意。刚来的人们不努力保护环境，也许是谋生太辛苦，无力顾及别的事。冯丹怕他的街区会衰败成贫民窟……"① 女儿和法拉盛一样，都成了冯丹不满和猜疑的对象，是丑陋、落后的标签。对冯丹来说，有女儿有妻子的家不是家，法拉盛也不是家，这里没有"家园"。

法拉盛还代表着荒诞的美国梦。《耻辱》中的文学教授孟教授终于在法拉盛找到了避难所和糊口的工作。他一心只为能留在美国，哪怕得不到合法证明，哪怕只能以洗碗为生。同样，最后一篇《落地》中，具有中华武术绝学的甘勤想在美国一展拳脚，实现自己的"淘金梦"。然而他受骗后却无处可去，只能蜷居在法拉盛市中心的一个地下室里。他如此渴望"落地"美国，甚至开始吃荤，就如同街上的鸟一样，哪怕咬不碎苞米也要尽力吃东西，尽力活下去，但是如此勤勉的甘勤却无法"生根"美国。最后走投无路的他想通过自杀来结束自己的生命，但是骨子里修习的武术竟然奇迹般地让他保存了性命。死里逃生的他还获得了社会的同情和捐款，完成了讽刺性的"完美落地"（a good fall）。

总之，《落地》中形形色色的华人通过各种方式"成功"落地美国国土，但是"生根"谈何容易？如冯品佳在《书写北美/建立家园：穆可杰的家的政治》一文中所言："在家的政治中，'家'的方位不再是与生俱有，而是建构得来，个人必须积极争取归属于某一社群②。"对哈金来说，"家（祖国）更意味着到

———————————

① 哈金：《落地》，江苏文艺出版社，2012 年，第 40 页。
② 冯品佳：《书写北美/建立家园：穆可杰的家的政治》，《中外文学》，1997 年第 25 卷第 12 期，第 110～132 页。

达，而不是回归"①。"到达"法拉盛的华人新移民，一方面眷恋着法拉盛的熟悉族裔氛围，一方面却又时刻想要脱离法拉盛，寻求一处比法拉盛更好的"家园"，以便更好地融入美国主流社会。"家园"和个体自我认同在历史与现实的重构中赋予了彼此新的意义。

四、"家园"意象的衍化

哈金短篇小说集《落地》中的法拉盛，时而像个温情脉脉的故乡，因为那里总是有地道的、价格便宜的家乡菜，充斥着各种中国符号的招牌和服务行业，时而又被刻画为一个落后闭塞的牢笼，里面虽然高楼林立，但是路上匆匆而过的是表面光鲜却孤独沉闷的异乡人。"家园"和自我身份之间的拉扯和重构，形成了法拉盛与"家园"之间的冲突和重叠。

华裔美国文学中"家园"的概念在不断衍化，家园已不再是一个单一的地理因素，而是一个体现主体身份、权力、意识形态的集合体。对于《落地》中不少主人公来说法拉盛不是"家园"。"家园"虽然首先意味着拥有自己居所，但居所对应更多的是"归属"的概念，"家园"还应是一个有着意识形态的集合物。从这个意义上来说，法拉盛作为一个地理空间的同时，还是个人身份、族裔意识与主流社会文化相互碰撞的权力空间。按照米歇尔·福柯（Michel Foucault）提出的"空间—知识—权力"模式，空间是权力、知识等话语转化为实际权力关系的关键。爱德华·索杰（Edward Soja）在《第三空间：去往洛杉矶和其他真实和想象地方的旅程》（*Third Space: Journeys to Los Angeles and Other Real-and-Imagined Places*，2005）一书中认为存在

---

① 陈爱敏、陈一雷：《哈金的〈移民作家〉与"家"之情愫》，《南京师大学报（社会科学版）》，2013 年第 4 期，第 155~160 页。

"一个可知与不可知、真实与想象的生活世界，这是由经验、情感、事件和政治选择所构成的生活世界"①；"人们可以在这里建立一个彼此联系、互不排斥的反抗社会。……一个充满可能性的第三空间"②。对华裔来说，法拉盛是新的"家园"，是他们的落脚之地、发展之所，更是一个体现了内在族裔文化和美国主流文化冲突与协商的"第三空间"，一个集合了身份、意识和政治的权力所。同时，法拉盛还受到种族资本主义的影响，资本权力影响着华裔的民族认同，也影响着法拉盛的重建。华人在内在的族裔文化、外在的美国种族主义、种族资本主义经济的拉扯下呈现出杂糅的身份认同，对法拉盛也有着矛盾的心理感受。

　　开放的法拉盛既是亚裔族群精神寄托之地，又是他们中许多人希望逃离之处。从教育资源来说，法拉盛的公立学校评分远远高于非裔和拉美裔社区的学校评分，还有全美排名靠前的汤森德·哈里斯高中（Townsend Harris High School）。但是"许多亚裔的父母不看好法拉盛的公共学校"③。从房产角度来说，随着资本经济对类似于法拉盛等其他华裔聚居地的房产开发，底层华人的居所不断地被侵占、被开发成高档住宅区，底层华人被迫迁徙至更偏远的地区。对底层华人来讲，法拉盛曾是"家园"又非"家园"。新来美国的华人曾依赖法拉盛的族裔资本和族裔网络融入美国社会，但是他们又渴望抛弃承载着族裔刻板形象的法拉盛，去找寻更能符合他们身份的空间。因为在白人主流话语权力下，白人社区才是最佳居所，才是身份和地位的象征。在《临时的爱情》中，潘斌说"从今以后我决不再跟中国女人拉扯。真

---

　　① 索杰：《第三空间：去往洛杉矶和其他真实和想象地方的旅程》，陆扬等译，上海教育出版社，2005年，第38页。

　　② 索杰：《第三空间：去往洛杉矶和其他真实和想象地方的旅程》，陆扬等译，上海教育出版社，2005年，第121~122页。

　　③ 哈金：《落地》，江苏文艺出版社，2012年，第97页。

够了——每个中国人都背着那么重的过去，这行李太沉了，我不愿分担。我要寻求跟过去没有关系的生活"①，此时的他已经抛弃了法拉盛，虽然法拉盛曾经给他带来过扶持的资源，但是他已经不再眷恋这里代表着过去的、陈旧的生活，而渴望寻求新的身份的象征。

与潘斌不同的是，法拉盛又是部分华人渴望保留的精神和物质"家园"。华裔渴望融入美国主流社会，但是亚裔美国人至今仍被看成外国人，而不是纯粹的美国人。对新移民来说，这种矛盾复杂的"家园"情怀是他们混杂身份的写照。陆薇在《走向文化研究的华裔美国文学》中说道："他们将想象中的家园建立在了民族文化记忆之中，将过去、现在和未来联系在了一起，用自己的努力打破了老一代移民封闭的生活空间。对于他们来说，这个家园既不是古老、陌生的中国，也不是被主流社会边缘化，更不是有意设计成供旅游者参观、带有异国情调的'文化博物馆'——唐人街，而是一个两种文化混杂、流动、互相向对方开放的空间，是属于跨越在此岸与彼岸的华裔美国人自己的家园。"② 这种矛盾的、复杂的、发展变化的家园情愫，与美国华人杂糅的身份认同将成为华裔美国文学不断探讨的话题。

五、小结

哈金在《落地》的序中曾写道："我过去一直强调思乡是一种没用意义的情感，因为人应该面对已经造就的世界，必须往前走。……现在我已经五十六岁了，开始对思乡有不同的理解……由于找不到故乡，我就把这份心绪的一部分倾注到《落地》的译文中，以在母语中建立一个小小的'别墅'。这也算是在漫长的

---

① 哈金：《落地》，江苏文艺出版社，2012年，第227页。
② 陆薇：《走向文化研究的华裔美国文学》，中华书局，2007年，第229页。

旅途中的一个停歇之处。"① 哈金的"家园"情怀这里已经显露一二："找不到故乡"所以暂时找一个精神的"停歇之处"；既然回不了"家"，那么就借助于文学构建一个属于自己的空间。彼乡的故土已遥远不可寻，而现下居所又非"吾心安处"，可见哈金的"家园"情怀依然寄托于精神的故乡，他的身上体现了非常明显的"家园"情怀的拉扯。总之，华人新移民文学中的"家园"不再完全是故国情怀的书写。对新移民来说，"家园"不再是一个个地理上的集合点，而是体现着族裔的共同意志，是重新构建的具有意识形态的空间。

但是，"家园"在何处建立，如何构建？对华人来说，新的地理空间并非新的"家园"。华人个体的身份认同，美国主流社会对华人群体的社会、文化认同决定了华人的"家园"构建是一个充满冲突、协商甚至妥协的过程。以法拉盛为代表的华人新移民聚居区既是华人想要"逃去之地"，又是华人想要"逃离之所"。这种矛盾、挣扎的"归属感"（家园）与居所地情感的冲突与叠加，正是华人新移民杂糅、矛盾的身份认同的镜像体现。

华人新移民聚居区及更加高档的"族裔郊区"的出现，说明了美国种族资本经济参与了对其他种族自我认同的重构和身份的改造。华人在美国积极寻求自我身份认同，渴望实现"家园"梦的过程中面临各种羁绊，而"家园"梦的塑造又是每个华人新移民不得不面对的问题。可以预见，这种矛盾而复杂的"家园"书写仍会继续出现在未来美国华人新移民的文学作品中，值得研究者去关注和挖掘。

---

① 哈金：《落地》，江苏文艺出版社，2012年，第3~4页。

结　语

马克思认为，人以一种完整的方式占据自己的本质。这种方式不仅包括视觉、嗅觉、听觉等各种感官的体验，也包括愿望、情感和一切能与客体联系和发生作用的方式。然而，资本主义不能以多种多样的方式去理解人的本质的占有，由此导致一切肉体和精神的感觉被简单地异化为拥有感。乍看起来，拥有感主导了一切。病态的消费主义将人纳入一个大量商品的复杂系统中，刺激着每个人去追逐永远无法满足的欲望。它将我们对美好、平等和自由的追求变成对赚钱和花钱的追求，通过消费获得的片刻拥有感简化了一切社会关系，最终把占据自己完整的本质的方式异化为一种买卖。在遭到异己的物质力量或精神力量的奴役过程中，人的个性不能全面发展，只能片面发展，甚至畸形发展。这导致了琐碎无聊的日常生活、病态的心理状况、错乱的伦理道德和困惑的个体认同。同时，随着资本全球化的不断深入，个人不再束缚于地理空间而开始了心灵和文化的流散历程。时代发展中个人对历史与故国的回忆、新的空间中权力的制衡、文化冲突中新的形式与内容，以及个体在时代潮流中对身份认同的不断思考在近现代英美文学中留下了深深的烙印。

为了摆脱束缚，兔子哈利开始了"逃离"。表面上看，兔子是因不满自己的工作及家庭平庸的生活而出走，本质上却是资本主义对公共空间和社会生活的不断挤压而产生的对人的异化。讽刺的是，远方的世界并不是兔子所期待的没有受到污染的空间，

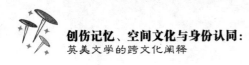

因为从西海岸到东海岸，整个美国都一个样，一切都被资本主义裹挟着前行。兔子希望背负使命向远方流浪从而获得拯救和灵魂救赎的努力都化为了泡影。

典型中产阶级家庭中的加布里埃尔也没有获得美好和幸福。他不断用"套鞋"和"麦片糊"等物化的欧洲新潮符号来建构一个关于他者的幻想，并期望在整个宴会中成为众人焦点，在他者凝视中获得快感，但他忘却了自己的灵魂已经麻痹，在生活中感知到的只能是乏味。这种无意识欲望的异化扭曲了白人中产阶级的精神世界，但更可悲的是，这种异化让黑人的精神世界遭受了更大的伤害和混乱。

《所罗门之歌》中奶娃的父亲麦肯是一个在美国北方城市中成功的黑人中产阶级人物，在自己的精神世界中不断内化资本主义社会中白人主流文化的价值观。他排斥南方文化，因而孤立了自己，也孤立了奶娃。奶娃在初期寻找认同中的寻金故事体现了父亲对他精神世界的影响，使其最终在"逆迁徙"中获得个人的解放。奶娃自此开始挑战困难，去创造属于自己的成就。然而，不是所有的黑人都像奶娃那样幸运。《最蓝的眼睛》中的佩科拉也是黑人"大迁徙"历史的产物。她的母亲波琳通过全身心为白人费舍尔家服务来享受虚妄的"权利、赞许和奢侈的生活"，并越来越厌恶自家肮脏的库房，不再收拾自己的家，对孩子和丈夫也置之不理。当馅饼的糖浆溅到了佩科拉的腿上，波琳不关心女儿是否烫伤，而是心疼白人家的地板。她的所作所为深深击垮了"又黑又丑"的佩科拉。在对佩科拉异化的过程中，黑人母亲波琳协助"恶魔"摧毁了佩科拉的心灵，这是一件再也没有比自己异化自己更恐惧的事情了。

大迁徙不但是黑人的历史，也是美国黑人文学中耀眼的主题。莫里森在其多部小说中对迁徙主题进行了探讨，让我们了解到她是如何从个体、家庭、社区等不同角度看待美国黑人大迁徙的，她是如何思考迁徙人物建构自我身份的方式的。通过对莫里森小说的迁徙主题研究，我们可以看出，在后殖民主义语境下，迁徙可以让人物摆脱"贫民区心态"，使他们辩证地看待传统文化，成为"积极的混合人"，让他们不管身居何处，都能清晰认识历史和家园的价值。

身份认同也一直是当代华裔美国文学的重要文学母题。华人新移民文学中华人作家对人物身份的模糊书写印证了华人在新的社会时代面临的机遇和挑战。关注华裔群体在美国的生存境遇和心态流变，重视华裔族群内部人口组成的历史变迁，有助于更好理解华人的身份认同问题。对华人新移民来说，选择传统教育理念体现了对自我文化和身份的肯定，而华裔作品中"虎妈"式的教育理念受到的广泛质疑则体现了华人族裔传统文化与西方主流文化的冲突将持续存在。同时，在华裔美国文学中，身份寻求总与家园情结密切相关，文学中重建心灵空间的"家园"的历程充满了华人矛盾、复杂的情愫，体现了华人杂糅的身份认同，而真实的华人聚居地、华人新社区的建设又充斥着各种权力的制约与制衡。想象与真实中的"家园"构建必将是一个充满冲突、协商甚至妥协的过程。

无论是中产阶级的个体身份寻找，还是黑人面临的身份挫折，又或是华人的身份焦虑，本书中英美文学中的人物分析总会让读者对作品中的人物心理层面有一个丰富的理解，由此体会病态消费主义、娱乐至死的大众文化、虚假的个人主义、错乱的家庭关系、无所不在的权力关系在日常生活中的渗透，进一步理解资本主义语境下主体身份认同的异化与冲突。

参考文献

英文类

［1］ ABDULLATIF H. Toni Morrison: rethinking the past in a postcolonial context ［D］. Kingston: University of Rhode Island，1999.

［2］ BATHELOR B. John Updike: A critical biography ［M］. California: Praeger, An Imprint of ABC-CLIO, LLC，2013.

［3］ BUTLER R J. Open movement and selfhood in Toni Morrison's *Song of Solomon* ［J］. The Centennial Review，1984，28 (1): 58−75.

［4］ BRENNER G. Rabbit，Run: John Updike's criticism of the "Return to Nature" ［J］. Twentieth Century Literature，1966，12 (1): 3−14.

［5］ CARUTH C. Unclaimed experience: trauma, narrative and history ［M］. Baltimore: Johns Hopkins University Press，1996.

［6］ CHAN J P, INADA L F, WONG S. An anthology of Asian-American writers ［M］. Washington, D C: Howard University Press，1974.

［7］ CHUA A. Battle hymn of the tiger mother ［M］. London:

Bloomsbury Publishing, 2011.

[8] CONNER C M. The aesthetics of Toni Morrison: speaking the unspeakable [M]. Jackson: University Press of Mississippi, 2000.

[9] DELEUZE G. Foucault [M]. Minneapolis: University of Minnesota Press, 1988.

[10] EAGLETON T. Heathcliff and the great hunger: studies in Irish culture [M]. London and New York: Verso, 1995.

[11] ELLMANN R. James Joyce [M]. Oxford: Oxford University Press, 1983.

[12] FOUCAULT M. Discipline and punish: the birth of the prison [M]. New York: Vintage Books, 1979.

[13] FRIEDMAN T L. The world is flat: A brief history of the twenty-first century [M]. New York: Farrar, Straus and Giroux, 2005.

[14] GARTNER J, LARSON D B, ALLEN G D. Religious commitment and mental health: a review of the empirical literature [J]. Journal of Psychology and Theology, 1991, 19 (1): 6-25.

[15] GEORGE H. Progress and poverty: an inquiry into the cause of industrial depressions and of increase of want with increase of wealth, the remedy [M]. Whitefish: Kessinger Publishing, 2008.

[16] GEORGE R M. The politics of home: postcolonial relocations and twentieth-century fiction [M]. Cambridge: Cambridge University Press, 1996.

[17] GRAY R. After the fall: American literature since 9/11

　　[M]. Oxford：Wiley-Blackwell，2011.

[18] GRIFFIN F J. "Who Set You Flowin'?" The African-American migration narrative [M]. New York：Oxford University Press，1995.

[19] HARRIS T. Fiction and folklore：the novels of Toni Morrison [M]. Knoxville：University of Tennessee Press，1991.

[20] HERMAN J L. Trauma and recovery：the aftermath of violence—from domestic abuse to political terror [M]. New York：Basic Books，1992.

[21] HOOKS B. Choosing the margin as a space of radical openness [J]. Framework：The Journal of Cinema and Media，1989 (36)：15－23.

[22] HUNT G. John Updike and the three great secret things：sex，religion and art [M]. NC：University of North Carolina Press，1967.

[23] HUNTINGTON S P，JERVIS R. The clash of civilizations and the remaking of world order [J]. Finance and Development-English Edition，1997，34 (2)：51－51.

[24] JORAE W R. The children of Chinatown：growing up Chinese American in San Francisco，1850—1920 [M]. Chapel Hill：University of North Carolina Press，2009.

[25] KOTHARI R. The tropes of migration and counter migration：a study of Ann Petry's *The Street*，Gloria Naylor's *The Women of Brewster Place* and Toni Morrison's *Song of Solomon* [D]. Gujarat ：Gujarat University，1999.

[26] LACAPRA D. Writing history, writing trauma [M]. Baltimore: Johns Hopkins University Press, 2001.

[27] LEE J, ZHOU M. The Asian American achievement paradox [M]. New York: Russell Sage Foundation, 2015.

[28] LONG L A. A new midwesternism in Toni Morrison's *The Bluest* Eye [J]. Twentieth Century Literature, 2013, 59 (1): 104—125.

[29] MACHEREY P, WALL G. A theory of literary production [M]. London, Boston: Routledge & Paul, 1978.

[30] MBALIA D D. Toni Morrison's developing class consciousness [M]. Selinsgrove: Susquehanna University Press, 2004.

[31] MEISEL P. Decentering "Heart of Darkness" [J]. Modern Language Studies, 1978 (8): 20—28.

[32] PECORA V. Heart of darkness and the phenomenology of voice [J]. ELH, 1985, 52 (4): 993—1015.

[33] PHINNEY J S. The multigroup ethnic identity measure: a new scale for use with diverse groups [J]. Journal of Adolescent Research, 1992, 7 (2): 156—176.

[34] ROBSON W W. Modern English literature [M]. Oxford: Oxford University Press, 1970.

[35] ROGERS L R. Canaan bound: the African-American great migration novel [M]. Urbana and Chicago: University of Illinois Press, 1997.

[36] SATRE J P. Saint Genet, actor & martyr [M]. New York: Pantheon Books, 1983.

[37] SHEFFER G. Modern diasporas in international politics [M]. New York：St. Martin's Press，1986.

[38] SYLVIA V Z，Global spaces of Chinese culture：diasporic Chinese communities in the United States and Germany [M]. New York：Routledge，2006.

[39] TOYNBEE A J. Change and habit：the challenge of our time [M]. Oxford：Oxford University Press，1966.

[40] VERSLUYS K. Summary of reviews in out of the blue [M]. New York：Columbia University Press，2009.

[41] VOSS B L. The archaeology of overseas Chinese communities [J]. World Archaeology，2005，37（3）：424-439.

[42] WATSON C W. Concepts in the social sciences：multiculturalism [J]. Philadelphia：Open University Press，2000.

[43] WONG B P. Ethnicity and entrepreneurship：the new Chinese immigrants in the San Francisco Bay Area [M]. Boston：Allyn and Bacon，1998.

[44] WYATT B N. John Updike：the psychological novel in search of structure [J]. Twentieth Century Literature，1967，13（2）：89-96.

[45] YEOJIN K. The great migration and the emergence of black havens in August Wilson's *Joe Turner's Come and Gone* and Toni Morrison's *Paradise* [J]. American Studies，2015，38（2）：61-87.

[46] YOHE K A. Vainly seeking the promised land：geography and migration in the fiction of Nella Larsen and Toni Morrison [D]. Chapel Hill：University of North Carolina，1997.

中文类

[1] 包威. 《最蓝的眼睛》：强势文化侵袭下弱势文化的异化 [J]. 外语学刊，2014（2）：139−142.

[2] 波德里亚. 消费社会 [M]. 刘成富，全志钢，译. 南京：南京大学出版社，2000.

[3] 陈许，陈倩茜. 女性、家庭与文化——托妮·莫里森《最蓝的眼睛》主题解读 [J]. 当代外国文学，2014，35（4）：127−132.

[4] 崔雅萍. 论美国的解构主义批评 [J]. 西北大学学报（哲学社会科学版），2002（2）：124−127.

[5] 德里达. 书写与差异 [M]. 张宁，译. 北京：生活·读书·新知三联书店，2001.

[6] 董鼎山. 美国黑人作家的出版近况 [J]. 读书，1981（11）：91−98.

[7] 杜小真. 存在和自由的重负：解读萨特《存在与虚无》[M]. 济南：山东人民出版社，2002.

[8] 厄普代克. 兔子，跑吧 [M]. 刘国枝，译. 上海：上海译文出版社，2017.

[9] 费尔南·布罗代尔. 15 至 18 世纪的物质文明、经济和资本主义第三卷：世界的时间 [M]. 施康强，顾良，译. 北京：生活·读书·新知三联书店，1993.

[10] 费小平. 家园政治：后殖民小说与文化研究 [M]. 北京：北京大学出版社，2010.

[11] 冯建明. 乔伊斯长篇小说人物塑造 [M]. 北京：人民文学出版社，2010.

[12] 冯品佳. 书写北美/建立家园：穆可杰的家的政治 [J]. 中外文学，1997，25（12）：110−132.

［13］福柯. 规训与惩罚：监狱的诞生［M］. 刘北成，杨远婴，
　　　译. 北京：生活·读书·新知三联书店，2003.

［14］米歇尔·福柯. 权力的眼睛——福柯访谈录［M］. 严锋，
　　　译. 上海：上海人民出版社，1997.

［15］郭军.“历史的噩梦”与“创伤的艺术”——解读乔伊斯的
　　　小说艺术［J］. 外国文学评论，2004（3）：81－90.

［16］哈金. 落地［M］. 南京：江苏文艺出版社，2012.

［17］哈维. 后现代的状况：对文化变迁之缘起的探究［M］. 阎
　　　嘉，译. 北京：商务印书馆，2003.

［18］韩秀. 从旅行书写视角审视莫里森作品《家》中的回归之
　　　旅［J］. 英美文学研究论丛，2017（1）：182－191.

［19］洪增流，谷婷婷.《兔子，跑吧》中的世俗化宗教主题探讨
　　　［J］. 当代外国文学，2004（4）：111－116.

［20］侯维瑞. 英国文学通史［M］. 上海：上海外语教育出版
　　　社，1999.

［21］胡经之. 西方文艺理论名著教程［M］. 北京：北京大学出
　　　版社，1986.

［22］胡俊.《最蓝的眼睛》中非裔美国人的自我憎恨［J］. 山东
　　　外语教学，2006（1）：95－99.

［23］胡妮. 托妮·莫里森小说的空间叙事［D］. 上海：上海外
　　　国语大学，2010.

［24］蒋继华. 走向“生产性”的批评实践——马谢雷文学批评
　　　思想探微［J］. 中国文学批评，2015（2）：74－82＋127.

［25］金衡山. 厄普代克与当代美国社会——厄普代克十部小说
　　　研究［M］. 北京：北京大学出版社，2008.

［26］荆兴梅. 移民潮和城市化——莫里森《爵士乐》的文化诠
　　　释［J］. 英美文学研究论丛，2016（1）：214－225.

［27］康拉德. 黑暗的心［M］. 黄雨石，译. 北京：商务印书

馆，2019.

[28] 拉康. 拉康选集 [M]. 褚孝泉，译. 上海：上海三联书店，2001.

[29] 莱辛. 野草在歌唱 [M]. 一蕾，译. 南京：译林出版社，2013.

[30] 李靖.《黑暗的心》：声音复制隐喻与康拉德的逻各斯 [J]. 外语教学，2014，35（5）：85-88.

[31] 李维屏. 乔伊斯的美学思想和小说艺术 [M]. 上海：上海外语教育出版社，2000.

[32] 利奥塔尔. 后现代状态：关于知识的报告 [M]. 车槿山，译. 北京：生活·读书·新知三联书店，1997.

[33] 利维斯. 伟大的传统 [M]. 袁伟，译. 北京：生活·读书·新知三联书店，2009.

[34] 林秋云. 德里达的解构主义理论：外界的误解与自身的不足 [J]. 外国文学评论，1998（4）：108-112.

[35] 刘巍. 读与看：我们这个时代的文学与图像 [M]. 北京：中国社会科学出版社，2013.

[36] 卢伯克，福斯特，缪尔. 小说美学经典三种 [M]. 方土人，罗婉华，译. 上海：上海文艺出版社，1990.

[37] 陆薇. 走向文化研究的华裔美国文学 [M]. 北京：中华书局，2007.

[38] 路易·阿尔都塞，艾帝安·巴里巴尔. 读《资本论》[M]. 李其庆，冯文光，译. 北京：中央编译出版社，2001.

[39] 罗钢，刘象愚. 文化研究读本 [M]. 北京：中国社会科学出版社，2000.

[40] 罗新平. 迁徙叙事视域下的《爵士乐》解读 [D]. 长沙：湖南师范大学，2014.

[41] 孟超. 转型与重建——中国城市公共空间与公共生活变迁

　　　　　［M］．北京：中国经济出版社，2017.

［42］孟庆梅，姚玉杰．莫里森《最蓝的眼睛》民族文化身份缺
　　　　　失之悲剧与思考［J］．西北大学学报（哲学社会科学版），
　　　　　2010，40（4）：174－176.

［43］莫瑞森．所罗门之歌［M］．胡允恒，译．上海：上海译文
　　　　　出版社，2005.

［44］莫瑞森．最蓝的眼睛［M］．陈苏东，胡允桓，译．海口：
　　　　　南海出版公司，2005.

［45］那娜．从断层到传承——解读《爵士乐》［J］．语文学刊
　　　　　（外语教育与教学），2009（1）：98－99.

［46］乔伊斯．都柏林人［M］．王逢振，译．上海：上海译文出
　　　　　版社，2010.

［47］沙家强．“沉默”的召唤——文本“沉默”魅力的解读
　　　　　［J］．太原师范学院学报（社会科学版），2007，6（1）：
　　　　　127－130.

［48］申丹．叙述学与小说文体学研究［M］．北京：北京大学出
　　　　　版社，1998.

［49］特里·伊格尔顿．马克思主义与文学批评［M］．文宝，
　　　　　译．北京：人民文学出版社，1980.

［50］田俊武，张扬．回归之路——托尼·莫里森小说中的旅行
　　　　　叙事［J］．当代外国文学，2016，37（4）：132－138.

［51］汪民安．身体、空间与后现代性［M］．南京：江苏人民出
　　　　　版社，2006.

［52］王安、程锡麟．西方文论关键词：语象叙事［J］．外国文
　　　　　学，2016（4）：77－87.

［53］王逢振．乔伊斯评论集：名家论乔伊斯［M］．周汶，等
　　　　　译．上海：上海译文出版社，2015.

［54］王烺烺．托妮·莫里森《宠儿》、《爵士乐》、《天堂》三部

曲中的身份建构 [D]. 厦门：厦门大学，2007.

[55] 王晴锋. 后民权时代的美国族群关系：经验与反思 [J]. 世界民族，2015 (1)：14−22.

[56] 威廉斯. 漫长的革命 [M]. 倪伟，译. 上海：上海人民出版社，2013.

[57] 吴蕾. 托妮·莫里森《柏油孩子》中家的建构 [J]. 南华大学学报（社会科学版），2012，13 (5)：129−131.

[58] 西尔维亚·安·休利特. 美国妇女的生活——解放神话与现实困境 [M]. 马莉，张昌耀，译. 北京：中国社会科学出版社，2016.

[59] 夏琼. 扭曲的人性，殖民的悲歌——评多丽丝·莱辛的《野草在歌唱》[J]. 当代外国文学，2001 (1)：132−136.

[60] 谢国荣. 1960 年代中后期的美国"黑人权力"运动及其影响 [J]. 世界历史，2010 (1)：40−52＋157.

[61] 徐学清. 冲突中的调和：现实和想像中的家园 [J]. 华文文学，2007 (05)：5−8.

[62] 许庆红，王巧. 记忆·旅行·追寻——论莫里森《宠儿》中的历史、文化和自我意识 [J]. 合肥工业大学学报（社会科学版），2013，27 (6)：77−82.

[63] 杨金才. 关于后"9·11"文学研究的几点思考 [J]. 外国文学动态，2013 (3)：4−5.

[64] 约瑟夫·康拉德.《'白水仙'号上的黑家伙》序 [J]. 赵少伟，译. 世界文学，1979 (5)：298−303.

[65] 赵宏维. 他者空间——托妮·莫里森小说研究 [D]. 南京：南京大学，2013.

[66] 朱蒂斯·赫曼. 创伤与复原 [M]. 杨大和，译. 台北：时报文化出版事业有限公司，1995.